Ernest Thompson Seton

动物英雄

[加拿大] 欧内斯特·汤普森·西顿 著

邝计嘉 译

四川大学出版社

目 录
Contents

安纳诺斯坦：
贫民窟小猫 ▶001

阿诺克斯：
一只归家鸽的一生 ▶043

比利：
巴德兰山的狼 ▶067

猞猁与男孩的故事 ▶103

安纳诺斯坦：
贫民窟小猫

生活 一

（一）

"肉——！肉——！"斯克林皮小巷传来尖声的吆喝。肯定是花衣魔笛手①来了，因为几乎所有的猫都跑出来了，但狗狗们却无动于衷，一脸不屑的样子。

"肉！肉！"声音越来越大，发出吆喝声的人也出现在视野范围内——是一个矮个子男人，身上脏兮兮的。只见他推着小推车，后面零零散散跟着一大群猫，发出尖锐的喵喵叫声，和男人的吆喝声混在一起。男人每走一段距离，就有一大群猫把他围住，他便停下小推车，拿出一根烤肉签，上面串着水煮肝片，味道香浓。他用一根长棍把肝片都拨下来。所有的猫都争着抢着。有只耳朵上有点小伤的"小老虎"，目露凶光，低声咆哮着，抢到肝片后，

---

① 出自德国传说，传说中，该魔笛手一吹笛便会有无数老鼠跟着。——译者注。本书中注释若无特殊说明，均为译者注。

赶紧撤退到安全的地方,享受着战利品。

"肉!肉!"猫咪们跟着吆喝声跑着,抢着。肉贩认得这里的每一只猫。这只是卡斯蒂戈隆的小老虎;这只是琼斯的小黑;这是普拉里茨的"托克壳";这是丹东夫人的小白;偷溜过去那只是卜玲肯的马尔特;爬上小推车的那只橙色老猫是索耶的比利,主人一直赊着账,是个无耻的骗子。——名字他全都记得,消费记录也都记着呢。这只猫的主人一直都付钱,一周十美分。这只呢,就没有按时付钱。那只猫只分得一小块,因为他主人还欠着账。那只猫是酒吧老板的,得到额外奖励的一块肉,因为酒吧老板也很大方。那只是巡查员的猫,虽然主人没有付钱,但肉贩还是对他特殊照顾。不过其他一些猫就没那么好的待遇了。一只白鼻子黑猫和其他猫一道,信心十足地循声跑来,却遭到了驱赶。唉!这只猫想不通。她已经在肉贩这里吃了几个月的肉了,为什么突然被驱赶?她显然理解不了,但是肉贩知道。因为她的女主人停止付钱了。肉贩没有记账本,全凭脑记,从没出错过。

推车周围是富贵的上流猫圈。其他猫则不能靠近,因为他们不在肉贩的供应名单里。但是他们也被这种至上美味所吸引,期盼着能有天上掉馅饼的好运。这些跟班食客中有一只浅灰色的贫民猫,她四处流浪无家可归,靠智慧存活。她身板细长,不算干净。一眼就能看出,她肯定是能在家里偏僻角落抓到老鼠的那种猫。她一边注视着小推车周围的猫群,一边保持警惕,因为周围的狗也可能会对她发动袭击。

这一群猫得到他们美味的"每日一肉"之后,就好像打了胜仗的小老虎一样,高兴地走开了。她眼睁睁看着这一切,却始终没有机会下手。正在这时,一只大公猫扑到一只体型较小的老猫身上,意图抢劫。老猫为了自保,丢下肉块。机会来了!在大公猫即将得逞之际,这只灰色的贫民猫抢走了战利品,迅速跑开了。

她穿过侧门下的洞,翻过后院的墙,然后坐了下来,狼吞虎咽地享用着美味的肝块,吃完还舔舔嘴,心里高兴极了,接着踏上了回家的路途。她的家是在一片垃圾场上的一个旧饼干盒里,她的家人正在那儿等待着她。突然,她听到一阵悲伤的喵喵声。她赶忙冲到饼干盒旁,发现一只黑色大公猫正在掏猫窝,虐杀她的孩子们。她的体型只有这个强盗的一半,但她拼尽全部力量与他搏斗。像大多数做错事被抓现行的动物一样,黑猫转身跑开了。只有一只小猫幸存下来,这只小猫长得很像妈妈,不过颜色更加分明——灰色的毛中带着黑色斑点,鼻子、耳朵和尾巴尖是白色的。不用说，丧子的母亲悲痛欲绝，这只幸存的小猫成了她绝望中自愈的力量，她把全部的精力都倾注在了这只小猫身上。

现在看来，大公猫在行凶时留存了一丝仁慈，留了一只小猫给猫妈妈。这还真是一件幸事。不久后，猫妈妈和小猫都肉眼可见地好起来。猫妈妈每天依旧是四处寻求食物。很少能从肉贩那里得到食物，不过垃圾桶倒是一直在那里，里面没有肉块，不过肯定有土豆皮，够一整天的分量。

一天晚上，猫妈妈闻到一阵美妙的气味，是从巷子尽头的东河那边飘来的。这气味她从未闻过，当然要去探索一番。这种新气味闻起来很诱人，那更是必须去探索一番了。这只猫跑出一个街区外，到了码头上，这里除了夜色，没有其他任何掩护。突然一阵嘈杂声传来，伴随着咆哮声和追赶声，她才意识到，她的路被老冤家——码头狗切断了。只有一种逃生办法。她从码头一跃，跳到气味传来的船上，狗就不能跟过来了。一到早上，渔船便载着猫开始航行。此后，再也没人见过这只猫。

（二）

贫民窟小猫望眼欲穿也没能等到她母亲的归来。一上午过去了，她非常饿。临近黄昏，内心深处的本能驱使她出去寻找食物。她偷偷钻出旧盒子，悄悄地在垃圾之间游走。她闻到了食物的味道，却找不到食物。后来，她来到一道木制的台阶前，再往下走，就是吉盘·马里的地下鸟店。门虚掩着。她不经意间进入了一个新世界，这里充满恶臭的古怪气味。笼子里关着的东西似乎都在看着她。一个黑人懒洋洋地坐在角落的一个箱子上。他好奇地注视着这个陌生的小东西。小东西从一些兔子前面走过，兔子对她并没有理会。她来到了宽栅栏的笼子前，里面关着一只狐狸，这位绅士有着毛茸茸的尾巴，远远地站在笼子的角落里。他蜷伏在地，眼睛闪闪发光。小猫继续游荡着，鼻子嗅了嗅，爬到笼子前，头探进去，又闻了起来，然后朝饲料盘走去。蜷伏的狐狸一跃而起，抓住了她。她很害怕地"喵"了一声。狐狸一甩，打断了小猫的叫声，还差点儿断送了她的性命。要不是那个黑人前来救援，这只小猫即使有九条命，恐怕也难保了。黑人没有武器，无法进入笼子，但他朝狐狸的脸用力吐了一口唾沫，狐狸才丢下小猫，自己跑回拐角处，坐在那里，脸色阴沉，眼里闪烁着恐惧。

  猛兽的那一甩把小猫吓呆了，黑人把小猫抓了出来，真是帮了个大忙。小猫似乎安然无恙，但感到有些晕眩。她在原地转了一会儿圈圈,然后慢慢恢复了体力,几分钟后,她趴在黑人的腿上发出轻轻的叫声。这时,吉盘·马里回家来了。

吉盘·马里是一个地地道道的伦敦人。在他又圆又平的脸上,倾斜的眼睛像是两道临时打开的狭窄缝隙。他的名字"吉盘"(Jap)的发音和"日本"(Japan)的英语发音相似,太好记了,所以人们只记得他的名"吉盘",记不住他的姓"马里"。他对鸟兽还算是友好,因为买卖鸟兽的收入可以提高他的生活质量。鸟兽的价值多少,他看一眼就知道。他不想要贫民窟小猫。

黑人把她喂得饱饱的,然后带到遥远的街区,扔进一个铁皮围起来的院子里。

(三)

饱餐一顿可以维持两三天。小猫此刻很有活力。她在堆积如山的垃圾旁走来走去。远处,金丝雀鸟笼挂在高高的窗户上,小猫看着感觉好奇,瞥见围栏那边有只大狗,又变得安静了。过了一会儿,她在阳光下找到一个隐蔽的地方,躺下睡了一个小时。一阵轻微的鼻子吸气声把她惊醒了,面前站着一只眼睛发着绿光的黑色大猫:粗脖子,方下巴——公猫的典型特征;脸颊上有块标志性的疤痕，左耳有些撕裂。他的眼神充满敌意，耳朵向后倾斜了一点，尾巴抽动了一下，喉咙深处发出些许声音。小猫傻傻地向他走去。她不记得他了。他在旁边的杆子上蹭了几下爪子，然后一声不吭地慢慢转过身去，最后消失在小猫的视野中。她看到的最后的画面就是他的尾巴，从一边甩到另一边。这只贫民窟小猫完全不知道，今天她又一次和死亡擦肩而过，就像当时她冒险走进狐狸笼一样。

夜幕降临，小猫有点饿了。她仔细体味着风吹过来的一道道味道，选择了其中最有趣的一道，跟着嗅觉走。铁皮院子的角落里有一盒垃圾。在其中，她发现了一些可以吃的东西。水龙头下有桶水，正好解渴。

晚上的时间她四处走动，逐渐摸清了铁皮院子的情况。到了白天，她就在阳光下睡觉。就这样，时间一点点过去。有时，垃圾盒里的东西能让她好好吃一顿，有时里面却什么都没有。有一次，她发现大黑公猫在那里，趁他不注意时，她小心翼翼地撤走了。

水桶通常是在老地方，如果不在的话，石头上也有一些泥泞的小水坑。相比之下，垃圾盒就很不可靠。有一次，里面连续三天都没有食物。她沿着高高的围栏搜寻，看到一个小洞，便爬过去了,然后发现自己到了大街上。这是一个全新的世界!她壮着胆子走得更远,那里非常喧闹嘈杂——突然,一只大狗跳过来,小猫差点儿来不及跑进篱笆洞里。她非常饿,找到一些放了很久的土豆皮后非常高兴,也减轻了一点儿饥饿感。早上她没有睡觉,继续寻找食物。一些麻雀在院子里喳喳叫着。他们经常在那里,但现在有双眼睛盯着他们了。长久的饥饿已经激起了小猫的猎捕欲望,这些麻雀是玩物,也是食物。她本能地蹲下,一步一步跟进,但麻雀们也很警觉,及时地飞走了。尝试很多次,都抓不到。她很想证实下:麻雀被抓到了是否能吃。

连续四天都很倒霉。第五天,贫民窟小猫壮着胆子走到街上,绝望地寻找食物。一次在离她的避难所很远的地方,一些小男孩拿着砖头砸她。她惊恐地跑开了。一只狗也跑来追她,小猫的处境变得危机四伏。在一座铁栅栏围绕的老式房子前,狗快要追上她了,她赶紧从栅栏中间溜了进去。窗口上一个女人对着狗大喊。一个男孩丢下一块肉给这只不幸的猫咪。这真是小猫有生之年最美味的一餐了。门前的阶梯救了她一命。她一直坐在那里,直到夜幕降临,四周又安静下来,她才像一个影子般潜回她的废旧铁皮院子。

就这样，日子又过去了两个月。她个头更大了些，也更有力量了，对周围也更加熟悉。她知道了唐宁街，那里每天早晨都可以看到一长排垃圾桶。对于它们的主人，她有了自己的想法。在她眼里，这条街的那座大房子不是罗马天主教的布道场所，而是一个堆满了最上乘鱼骨的垃圾桶。她也知道了肉贩，变成了外圈层的猫，伺机而动抢肉吃。她也碰到了码头狗，以及其他两三种同样恐怖的东西，知道他们想要什么以及如何避开他们。她还开心地发现了一片新大陆：早上牛奶工会把牛奶罐放在台阶或窗边上，这让很多小猫都很眼馋。非常偶然的一次机会，小猫发现了一个盖子破了的牛奶罐。她抱起牛奶罐，美美地喝了一顿。当然，牛奶瓶她是没法打开的，但是很多牛奶瓶的盖子不牢固，她得费很大的劲儿才能找到那些盖子不紧的牛奶瓶。后来她扩大了自己的搜索范围，到了另一个街区的中心。然后她继续搜索，在更远的地方，在鸟商的院子背后发现了更多的桶和盒子。

废旧的铁皮院子从来没有给过她家的感觉，在那里，她一直觉得自己是个局外人，但在这里，她觉得自己是主人。有一次另一只小猫靠近时，她还很恼怒，开始驱赶这个不速之客。两只猫扭打在一起，这时，楼上的一桶水泼了下来，浇灭了他们的怒火。

他们一拍两散,新来的小猫翻过了墙,贫民窟小猫则藏到了盒子底下,这个盒子刚好也是她出生的地方。小猫对整个后院都非常喜欢,她也在这里再次安家。这个院子和其他地方比,食物不算多,也没有水,但经常有些家鼠和田鼠,这些老鼠不仅能让她美餐一顿,还能为她赢得朋友。

(四)

小猫现在完全长大。她长得像只小老虎,在猫中算是比较出众的。淡灰色皮毛中夹杂着黑色条纹,鼻子、两只耳朵和尾巴尖一共有四个美丽的白点。她很会维持生计,但也有挨饿的时候。捕捉麻雀的野心一次都没有实现。她很孤独,但一股新的力量正在进入她的生活。

八月的一天,她正躺着晒太阳。这时,一只大黑猫沿着墙朝她的方向走来。看到他裂开的耳朵,她马上就认出他来。她偷偷潜回盒子藏了起来。黑猫小心谨慎地往前走着,他正准备跳过屋顶时,一只黄猫站起身来。黑猫怒视着、咆哮着,黄猫也是一样。他们的尾巴猛烈地左右拍打,喉咙里发出咆哮的声音。他们耳朵靠后,肌肉紧绷,一步步逼近对方。

"喵——呜——!"黑猫发出声音。

"呜——!"黄猫的回应更低沉。

"哇——呜——呜——呜——!"黑猫吼道,身体上抬,又靠近了半步。

"哟——呜——呜——!"黄猫回应,站直了身体,往前又走了一步,展示自己的威严。"哟——呜——!"他又往前走了一步,尾巴从一侧打到另一侧,空气中发出唰唰声。

"哟——呜——!"黑猫提高了音调尖叫道,他又往前了一小步,露出了他那宽阔外张的胸膛。

窗户打开了,人的声音传来,但两只猫不予理会。

"哟——呜——!"黄猫继续嘶吼着,对方音调提高,而他的声音压得更低沉。

"哟——"他又朝前迈了另一步。

现在,他们的鼻子只隔了三英寸的距离,各站在一边,准备迎战,却都等着对方先出手。沉默中,他们瞪了对方三分钟,像两尊雕像一样,只有尾巴尖还在狂扫。

黄猫再次开始。"哟嗷嗷嗷嗷!"声音低沉。

"哟——"黑猫尖叫着,想要通过尖叫压倒对方,但往后退了十六分之一英寸。而黄猫往前走了半英寸。他们的胡须现在交织在一起，再向前一点，鼻子都几乎要碰到了。

"哟——！"黄猫发出一声低沉的吼叫。

"呀——"黑猫尖叫着，但他又撤退三十二分之一英寸。勇士黄猫就像个恶魔一样往前逼近，并扑到黑猫身上扭打起来。

哦，看看，他们那样翻滚撕咬，尤其是黄猫！

他们那样撕咬狂抓，抱紧不放，尤其是黄猫！

一遍又一遍，有时一只猫占上风，有时又是另一只，但黄猫居多。他们都滚下了屋顶，窗户里的人们都在欢呼。他们要在这个垃圾场争第一。他们一路撕抓着滚下，尤其是黄猫。当他们摔到地上，仍然在战斗，占上风的主要是那只黄猫。两只猫分开时，他们都打够了，尤其是那只黑猫。他爬上了墙，流着血，咆哮着，消失了。家家户户都得知了这个消息，凯莱尼格猫（黑猫）最后被橙色比利猫（黄猫）打败。

要么就是黄猫善于发现，要么就是贫民窟小猫藏得不深，他和藏在众多盒子中间的她邂逅了。她并没有走开，可能是因为她目睹了这场战斗，战斗中获胜的勇士最能赢得雌性的芳心，所以后来黄猫和小猫成为非常要好的朋友——这倒不是说他们一起生活或是分享食物——猫不会这么做,他们只是让对方享受某些特殊友好待遇。

（五）

九月过去了。白昼更短的十月来了。旧饼干盒里又发生了一件事。要是橙色比利猫能来看看,就会发现五只小猫咪蜷缩在他们的母亲——贫民窟小猫的怀抱里。这对于她来说是一件美妙的事情。就像所有的动物妈妈一样,她觉得欢天喜地,兴奋无比。她很爱孩子们,温柔地舔舐着这些猫咪宝宝。如果她有思考的能力,肯定也会为自己这样的母性而感到惊讶。

这些小猫咪的到来为沉闷无趣的生活增添了欢乐,但也为原本就艰辛的生活增加了负担。现在她竭尽所能去寻找食物。这群孩子六周大了,负担又增加了,妈妈不在的时候他们每天都在盒子里乱爬。风水轮流转,这是贫民窟圈子里众所周知的真理。贫民窟小猫与狗有过三次交锋,有一次挨了两天的饿,还被黑人扔了石头。然后霉运就到头了。第二天早上,她发现了一个没有盖子的小罐,里面装着满满的牛奶,还从一只跟肉贩领肉的富贵猫那儿抢到了肉块,并且发现一个大鱼头,太多的好事发生了!就在短短的两小时内！

　　填饱肚子后，她开始往回走。突然，她看到垃圾场上有一个棕色的小型生物。狩猎的本能让她瞬间充满力量。她不知道这是什么，但凭着她捕食老鼠的经验，这显然是一只短尾巴大耳朵的"大老鼠"。小猫谨慎地跟踪他，但其实并无必要；小兔子只是坐起来，看起来有点滑稽，没有试着逃跑。小猫扑向他，并抓住了他。因为小猫并不饿，所以她把兔子带回了饼干盒，把他丢在孩子们中间。兔子没有受太多伤，这会儿已经从恐惧中缓了过来。因为他也没法离开盒子，所以他依偎在小猫咪中间，还和小猫咪们一起吃晚饭。猫妈妈有点搞不懂了。本质上她仍然是个猎手，但因为她不饿，母性大发，所以兔子保住了命。最后，兔子成了家庭的一员，他也被猫妈妈守卫，并和小猫咪一起进食。

　　两个星期过去了。小猫咪已经能够在妈妈不在场的时候轻而易举地跳出盒子，兔子却不能。吉盘·马里看到后院的小猫咪，叫黑人开枪把他们射死。于是黑人在一个早晨端起22口径步枪，一只接一只地将他们射死了。死亡的小猫咪们掉进木材堆的缝隙里。当猫妈妈咬着一只小小的码头鼠从码头那边沿着墙壁跑过来时，他已经准备好向她开枪，但是他看见那只老鼠后改变了计划：

捉老鼠的猫有活下去的价值。这其实是她在这地方捉到的第一只老鼠，却成了她的免死金牌。她从迷宫般的螺纹木堆走向饼干盒，却疑惑地发现，没有小猫咪循着她的叫声来迎接她，而兔子不会吃老鼠。猫蜷缩着照顾兔子，但她不时叫着，召唤小猫咪。黑人循声找到这里，朝饼干盒看了一眼，非常吃惊：盒子里有猫妈妈、一只活兔、一只死老鼠。

猫妈妈耳朵竖起，继续咆哮着。黑人离开了，但一分钟后，扔了一块木板盖在盒顶，里面的住户不论死活，都被抓起来关进了地下鸟店。

"我说，老板，看这里，有只小兔子，我们可以，嘿，偷走，过一阵烤着吃。"

猫和兔子都被小心翼翼地放进了一个大铁丝笼，看起来就像个幸福的家庭。几天后，兔子生病死去了。

猫在笼子里一直不快乐。虽然她吃喝不愁，但她渴望自由——很可能下决心"要么死，要么自由"。四天的囚禁生活中，她清洁并梳理着自己的皮毛。吉盘看到了她那富有特色的皮毛颜色，决定留下她。

生活 二

（六）

吉盘·马里有着"在地窖里兜售廉价金丝雀的矮小英国男人"的坏名声。他很穷，黑人和他住在一起的原因是这个"银国"①人愿意为他提供食宿，并且和大多数美国人不同，他愿意公平对待黑人。吉盘非常诚实，这是他自己的看法，不过他这人也没啥自己的看法。大家都知道，他的主要收入来自倒卖被盗的狗和猫。他手上一半的金丝雀都是瞎的。然而，吉盘对自己有信心。当他取得了一些微不足道的成功，肮脏的小宇宙就开始膨胀起来，"嗨，告诉你吧，萨米，我的孩子，你会看到我发达的！"他就会这么说。他的野心也不是没有，只是不够坚定，三天打鱼，两天晒网。有时候他希望自己能有动物养殖专业户的名声。

事实上，有一次他甚至发疯，拿自己的猫去参加尼克伯克的"高级宠物猫咪秀"。他心里怀着三个不那么明确的目标：第一，满足自己的野心；第二，获得展会的免费通行证；第三，"好了，

---

① 黑人有口音，"英国"的英文是 English，但原文写的是 Henglish，所以"英国"翻译为"银国"。吉盘·马里也有口音，故下文中将他说的"知道"翻译为"滋道"，"出生"翻译为"出森"，等等，不再一一注释。

你，滋道，为了让那些富贵的猫被人滋道，你滋道，只要是个人都会喜欢猫猫。"但是，这是一个社交展会，参展商必须有人引荐，他那只号称有着一半波斯猫血统的猫被轻蔑地拒绝了。吉盘读报纸时，唯一感兴趣的栏目是"失物招领"，但他还注意到了另一篇文章，里面宣传"一切养殖为了皮毛"，把这部分剪下保存起来。他把这张剪报挂在他的书房墙壁上，并受其影响，着手在贫民窟小猫身上开展一个残酷的实验。首先，他给小猫不干净的毛上了药水，去掉她身上的虫子，这项工作完成后，他用肥皂和温水对她进行彻底冲洗，这让小猫非常愤怒，一直嗷嗷尖叫，并用牙齿、爪子攻击他。但当她被放到火炉旁边烤干时，她感到一阵温暖和幸福。她的皮毛变得蓬松，非常柔软和洁净。吉盘和他的助手对结果非常满意，小猫应该也很高兴。但是，这还只是准备工作，实验才刚开始。"长毛这项工作，最好的方法就是补充大量油腻食物，持续暴露在寒冷空气中"，剪报上这么说的。冬天马上就来了，吉盘·马里把小猫的笼子放到了院子里，只有在大雨和狂风时才把她收进屋里，还喂她所有她可以吃的油渣饼和鱼头。一个星期后，变化开始显现。她很快变得肥滚滚的——她不用做任何事，只需要长肉，以及打理自己的毛皮。她的笼子一直保持着清洁,日复一日的寒冷天气和油腻食物,使她的毛大衣变得更厚、更富有光泽。到了隆冬,她已经成为一只异常美丽的猫,皮毛茂密又精良,看起来就是只稀世奇猫。吉盘对实验结果非常满意。一点儿成功就会让他膨胀,他开始盘算着实现荣耀的方法。为什么不把贫民窟小猫送去参加即将举行的宠物秀呢?前一年的失败使他更加注意细节。"他们不会,你滋道,萨米,把她当作一只流浪猫,你滋道,"他问黑人,寻求他的帮助,"我们还应该为她安排一个在尼克伯克的亲属……你滋道,最好就是要有个好名字。你看,她现在因该是'贵族',或其塔类似的。尼克伯克展会参加的必须都是'贵族'猫。那,'贵族迪克'还是'贵族萨姆',怎末样?不过,等等,那是公猫的名字。嗯,萨米,你出森的那个岛屿叫什么民字?"

"安纳诺斯坦岛,我的家乡就在那一带,啊。"

"噢,这样啊,现在,这不错,你滋道,'贵族安纳诺斯坦',天哪!唯一的纯种'贵族安纳诺斯坦'。是不是很有曲啊?"说完,他俩笑成了一堆。

"但是我们也得有血统,你滋道。"所以他们准备了一个很长的血统谱系。一个天色阴暗的下午,黑人萨米戴着借来的丝绸帽子，在展会门口上交了猫和她的血统资料。这件荣耀的差事是黑人做的。他曾在第六大道做理发师，五分钟内就能堆砌出一堆浮华辞藻。吉盘一辈子都想不出来这么多华丽的词语。毫无疑问，这是贵族安纳诺斯坦猫被恭敬地接纳的一个原因。

吉盘也成为一个参展商，非常骄傲，但他作为伦敦人对上层人士十分尊崇。开幕当天，他走到门口，看到阵列的车厢和丝绸帽子，感觉有些震撼。门卫犀利的眼睛盯着他看，验票后放他进入。牵马的男孩带他来到另一些参展商那里。大厅里一排排笼子前面是天鹅绒地毯。狡猾的吉盘偷偷走过每一排，注视着各种类型的猫，观察着各种蓝色红色的丝带，偷偷张望着却不敢打听他自己的展品。他心里颤抖地想着，如果他们发现了他在这样华丽的聚会里玩小把戏会怎么说。他已经通过了外部的过道，看到很多获奖者，但没看到贫民窟小猫。内部过道更加拥挤。他挑着路走着，但在那里仍然没有贫民窟小猫，他开始觉得前来参展是一个错误，裁判待会儿肯定会拒绝这只猫。没关系，他有参展商的票，现在也获得了一些有价值的波斯猫和安哥拉猫的信息。

过道中间展出的是高等猫。很多人围在那里，把过道堵死了，两名警察设法维持人群秩序。吉盘在其中扭着腰往前蠕动，他太矮了，根本看不到。那些衣着华丽的富人看到他穿着破烂的旧衣服都往一边躲开，但他还是无法靠近中心。不过他大概听到人们在说，中心就是最高等的猫。

"哦，她不是个美人吗！"一个高大的女人说。

"太无与伦比了！"另一个回复道。

"这种气质绝对来自最高贵的环境！"

"我想拥有一只这样华丽的尤物啊！"

"瞧瞧那尊严，瞧瞧那姿态！"

"她具有法老时期传下来的纯正血统，我听到了。"脏兮兮的吉盘觉得，自己能把贫民窟小猫送到这个圈子里，真是太了不起了。

"不好意思，夫人。"展会的负责人出现了，他挤过人群。"'运动元素'的艺术家马上就到，由他来选出展会之星。大家往边上挪一点点好吗？谢谢。"

"哦，负责人先生，你能劝劝她的主人把那个美丽的尤物卖给我们吗？"

"嗯，我不知道。"负责人回答，"据我所知，他非常富有，不太好说话，但我会尽力，我会尽力的。夫人，他的管家告诉我，他很不愿意展出他的宝贝。这儿,你,让开,别挡道!"负责人大骂起来,因为他看到一个衣衫褴褛的矮个子男人焦躁地挤向艺术家和那只高贵血统的猫。这个矮个子男人急切地想看到有价值的猫。他走得非常近,近到能够窥视笼子里面的一切,有块标语牌写着,"尼克伯克高级宠物猫咪秀的金牌和蓝丝带奖"授予"有着纯正血统的贵族安纳诺斯坦,由著名理想家吉盘·马里选送"。吉盘屏住呼吸,瞪大了眼睛。是的,在一个镀金的笼子里,天鹅绒垫子上,四名警察守卫着的,皮毛浅灰中带着黑色的,蓝色眼睛微闭着的,就是他的贫民窟小猫!而这只猫呢,看起来无聊得要死,她根本不明白为何周围的人那么大惊小怪。

(七)

吉盘在笼子边徘徊着,几个小时一直沉湎在人们对贵族猫的赞赏中——陶醉在辉煌的喜悦中,这种辉煌在他之前的生活中从未有过,在他的梦中也很少。不过现在他觉得,保持低调不露面是明智的,所有的事情都该由他的"管家"来代劳。

因为贫民窟小猫,这次展会大获成功。她的价值在她主人眼里一天天变高。他不知道这样的猫可以卖出什么样的价钱,但他认为，他的"管家"让负责人以一百美元的价钱卖出贵族安纳诺斯坦，已经是史上最高。

就这样，贫民窟小猫从展会来到了第五大道的豪宅。起初，她的出现引起一阵莫名其妙的狂热。她对抚摸的抗拒被理解成她"厌恶亲近"这种贵族气质。她躲避哈巴狗而跳到餐桌中间被理解为避免肮脏的习性。她袭击金丝雀的行为被解释为刻在她的东方血统里的霸道性格。她打开牛奶罐盖子的贵族方式尤其被人称颂。她不喜欢丝绸衬里的篮子，她经常撞击玻璃窗户，这些也容易理解：篮子太朴素了，她皇室的家中也没有平板玻璃。她盯着地毯看，证明了她的东方思维方式。她几次试图捕捉高墙围绕的后院里的麻雀却失败了的经历，也证明了她的贵族成长方式在某些方面还是有缺陷的，而她频繁在垃圾堆里打滚可以被理解为出身高贵的小猫的一点儿小小的怪癖。她吃喝不愁，养尊处优，一次次被展示、被称赞，但她却高兴不起来。小猫是想家了！她抓扯着项圈上的蓝丝带，最后把它扯了下来，她经常撞击玻璃窗户是因为似乎可以从那里逃出去。她躲着人与狗，因为他们一直都很残忍，充满敌意，她坐下来凝视另一头窗户外面的屋顶和后院，是因为她希望事情出现转机，自己能再次融入其中。

但她被严加看管,不允许外出。当那些垃圾罐子放在室内时,她所有关于垃圾罐子的快乐回忆都一一浮现。三月的一个晚上,他们早早出门忙活。这时,贵族安纳诺斯坦认为机会来了,溜出了门,从公众视线里消失。

当然后来就是一阵骚动。但贵族猫既不知道也不关心,她只有一个念头,就是回家。可能是运气比较好,她走上了回格拉梅西田庄山的方向,经历了很多小冒险,不过最终还是到达了那里。现在情况怎样呢?她不在家,所有的生活来源都断了,开始觉得饿了,但她却有种奇特的幸福感。她在花园蜷缩着待了一会儿。东风越刮越烈,却给她传来了一个特别友好的信息。人类可能会觉得这种码头传来的气味很难闻。但对小猫来说,这是从家里传来的欢迎的信号。她沿着向东的长街跑着,穿过花园的边界,有时停下来像个雕像般一动不动,有时又在黑暗中跑着穿过马路,最后她终于到达了水边的码头。但这地方很奇怪,去北方还是南方呢?她拿不定主意。她最后向南走去,躲过了码头狗、推车和猫,绕过海湾弯曲的路,穿过了围栏,一两个小时后,她终于回到了熟悉的地方,嗅到了熟悉的气味。最后,在太阳升起来之前,她带着疲倦的身体和酸痛的四肢,穿过了旧围墙那曾经的洞,回到了地下鸟店外面的垃圾院子——是的,回到了她出生时待的饼干盒子里。

啊,要是第五大道的那家人看到了她的东方家乡会怎么想!

休息很久之后,她悄悄地从饼干盒里爬出来,在通往地窖的阶梯上走着,像过去一样,寻找着可以吃的东西。门开了,黑人站在那里。他大声朝着里面正在喂鸟的老板喊道:

"喂,老板,快来。这不是那只贵族安纳诺斯坦吗?她回来了!"

吉盘进来时,正好看到小猫跳到墙上去。他们用最诱人最温情的语调大声叫唤着:"猫咪,猫咪,可怜的猫咪!来吧,猫咪!"但小猫却没理他们,径直跑回她过去的栖息地去寻找食物,从他们的视线里消失了。

贵族安纳诺斯坦给吉盘带来了一笔意外的财富——他借此改善了地窖的环境条件,笼子里也增加了更多的犯人。现在最重要的事情就是要重新恢复这只猫的贵族特质。腐肉及其他一些小猫无法抗拒的诱惑被放在了门外。一天,小猫实在饿得不行了,蹑手蹑脚想去吃一个大鱼头,最终掉进了盒子陷阱。旁边等待着的黑人猛一拉线,盖子落下,一分钟后,安纳诺斯坦又成了地窖里的囚犯之一。同时，吉盘也留意着"寻猫启事"专栏。啊，找到了：……"奖金二十五美元"……当晚，马里先生的管家带着小猫在第五大道大厦前大声吆喝，"来自马里先生的问候，哈，贵族安纳诺斯坦又出现在她的主人的房间附近，哈，马里先生非常高兴把贵族安纳诺斯坦还回来，哈。"当然马里先生没有收奖金，但是他的管家在那里准备着接受奖赏，他直白地表示，奖金就按启事上写的二十五美元，其他奖赏随意。

从那以后，小猫被看管得更加仔细了。但她并不反感以前挨饿的生活，也没有为目前的清闲感到快乐，所以她变得更加不满和野蛮了。

（八）

纽约此刻春意盎然。脏兮兮的小麻雀在窝里相互踩来踩去。猫咪也到了发情期，整晚上都在嗷呜叫着，住在第五大道的这一家人正计划着去郊外住段时间。他们收拾好行李，打扫了房间卫生，锁上房门，便启程去往他们的避暑别墅，大约五十英里远。小猫被装在篮子里一同带去。

"她正需要这个：新鲜的空气，新鲜的环境，让她忘掉从前的主人，让她高兴起来。"

篮子被放到一个隆隆作响还不停摇晃的东西上面。小猫不断听到新的声音，不时闻到新的气味。车辆转弯时，小猫咆哮着，爪子乱抓，篮子就晃动得更厉害了。短暂停顿后，转向，然后是敲打声、撞击声、长长的鸣笛声、正大门的门铃声；隆隆声、嗖嗖声、一阵难闻的气味、一种恶心的气味、越来越可怕的窒息感、恶臭味；一阵轰鸣声，声音盖过可怜的小猫的叫声，声音越来越近，小猫已经忍无可忍了，突然，有光了，有新鲜空气了，伴随着乒乒乓乓的撞击声，她终于喘了一口气。然后一个男人的声音说，"都出发去 125 街"，但对小猫来说，这只是人类发出的吼叫。轰鸣快要停止了——终于停止了。过了一会儿，喧闹的声音又开始了，伴随着剧烈的摇晃，不过这次没有那种有毒的味道了。这会儿她听到了一阵持续的轰鸣声，感受到震动，闻到码头上传来的愉快的气味，不过很快就过去了，然后又是连续的摇晃，怒吼，震动，停止，撞击声，哐当声，各种气味，跳跃，摇晃，更浓的气味，更剧烈的摇晃，小震动，气味，烟雾，尖叫声，门铃声，颤动声，怒吼声，轰鸣声，一些新的气味，斥责声，轻拍声，甩动声，轰鸣声，更多的气味，但移动的方向似乎没有任何改变。最后，终于停了下来,阳光从篮子的缝隙照进来。贵族猫又被提到一个轰鸣的机器上,就像之前一样,从这头甩到那一头,很快,轮子的声音变成了摩擦的嘎嘎声,再加上了一个新的可怕的声音——狗叫,大大小小的狗非常多。篮子被抬高,贫民窟小猫终于到达了她的乡下别墅。

每个人都很亲切善良。他们都想讨贵族猫的欢心,但不知什么原因,贵族猫一个都不喜欢,除了厨房里的大胖厨师,她是小猫闲逛时偶然遇见的。她身上油腻的味道闻起来非常像贫民窟的味道。所以贵族安纳诺斯坦非常喜欢这个厨师。当厨师得知猫待在这里还有些恐惧时,说:"是的,她太孤单了,希望另一只猫舔她的毛,当然,那样这儿就是她的家了。"于是,她巧妙地抓住了这只难以接近的贵族猫,把她放在围裙里,把锅油抹在她的脚底板上做按摩,这真是可怕的亵渎啊!当然,小猫不喜欢这样——这里的一切东西她都不喜欢。不过被放下来后,她开始清洗她的爪子,慢慢地也觉得涂了锅油挺舒服的。她整整一个小时都在舔自己的四只爪子,厨师得意扬扬地宣布,"现在她肯定很想留下了。"她的确留下了,但令人有些惊讶和恶心的是,她表现出对这里的厨房、厨师和垃圾桶的偏好。

家里的人虽然看到贵族猫的这些怪癖有些沮丧，不过看到贵族猫更知足、更容易接近了，也觉得宽慰。一两个星期后，他们给了她更多的自由。他们保护着她，不让她遭受任何威胁。狗被教导要尊重她。男人或男孩也决不被允许朝这纯种贵族猫扔石头。她得到了她想要的所有食物，但仍然不开心。她自己也不知道自己究竟想要什么。她拥有一切——是的，但她想要别的东西。她不愁吃喝——是的，但当牛奶在小盘子里放着，你想喝就喝的时候，味道完全不同。饥渴难耐时从桶里偷出来喝的牛奶，味道才是绝佳。要不然，就不是那种味道，不是牛奶。

房子的后面、旁边及周围都是垃圾院子。但这却不是小猫理想中的场所，因为院里栽种着玫瑰，还有马和狗的难闻的气味。整个乡下放眼望去，就是令她反感的荒漠，到处是毫无生机的花园和干草地，没有一座房屋或烟囱。她太讨厌这一切了！在这个可怕的地方有一个被忽视的角落——散发着令猫咪着迷的味道的灌木丛。她喜欢咬着叶片，在里面打滚。这是唯一让她高兴的地方。自从她来到这里，还没有找到一个烂鱼头，也没有见过真正的垃圾。总的来说，这里真是最不可爱、最缺乏吸引力、最难闻的地方。如果她能自由走动，第一天晚上她肯定就会离开。距离获得自由还有几周时间，与此同时，她与厨师之间的亲近对她来说已经演变成一种特别的联系，让她愿意留在这里。

这个不愉快的夏天过去后，有一天发生了一连串的事情，让这只囚禁在贵族家里的贫民窟小猫的本能被重新唤起。

一大捆东西从码头运到了乡下的豪宅。里面装的是什么东西并不重要，但它散发出最可爱最刺激的码头及贫民窟的气味，重新拨动了小猫的记忆之弦，一股危险的力量即将唤醒小猫的过去。第二天，厨师走了，将这捆麻烦的东西丢在这里。那晚，屋内最小的男孩——这个对贵族猫完全不感冒的可怕的美国小男孩，可能是想做点什么实验，切断了猫链，将一个罐子绑到了这只贵族猫的尾巴上。小猫对这样换来的自由很反感，脚掌中露出了锋利的爪子，乱抓了几下。小孩大哭起来，惊醒了他的母亲。她赶紧对着小猫扔了一本书，力气不够，小猫居然躲开了。小猫奋起一跃，上楼了。与此同时，一只被追的老鼠朝楼下跑去，一只被追的狗在同一层楼跑，一只被追的猫在朝楼上跑。在一片混乱中，小猫在阁楼里藏着，这样不容易被主人发现，直到晚上才走下楼。她每道门都试了试能不能走，然后发现一道门是虚掩着的，终于，在这个八月的夜晚，她逃走了。对人来说，晚上漆黑得伸手不见五指，对猫来说，这不过是简单的灰色。她在此前很吸引她的灌木丛里吃了点东西，然后从灌木和花坛中通过，踏上了归家的路途。

那条路她从来没有见过，怎么能够原路返回呢？因为所有的动物都本能地具有方向感。人的方向感很微弱，马最强烈，猫也有这种天赋。这个神秘的导游让她往西走，虽然路线不那么明确和绝对，但是内心的冲动告诉她就是应该这样走，这条路走起来也不费劲。在一个小时内，她已经跑了两英里，到达了哈德逊河。她的鼻子很多次告诉她，选择这条路是对的。气味一阵一阵地袭来，就像一个人在一条陌生的街道上走了一英里后，可能不会记得某一个特征，但如果再见到同样的情景，肯定会记得，"啊，是的，我看到过。"所以小猫主要是靠方向感引导。她的鼻子不断地让她更加确信，"是的，现在你是正确的，去年春天我们来过这个地方。"

一条小河拦住了前行的路。她无法蹚河，必须选择向南或向北走。方向感很清楚地告诉她，"向南"，于是小猫就欢快地沿着铁轨和栅栏之间的路径，小跑南下。

生活 三

（九）

猫上树翻墙非常敏捷，但是长时间长距离地匀速小跑，对狗来说很容易，对猫来说是件难事。截至目前，旅途还算愉快，路线也很明晰。一小时后，摆在她面前的是可怕的两英里地，充满了浓烈的玫瑰味。她累了，脚也有点酸，正想要休息，一只跑到栅栏附近的狗突然发出可怕的吠叫，仿佛就在耳边。小猫惊恐地跳起。她一边全力向前跑着，一边留意狗是否穿过栅栏。没有穿过！但他追得很近，汪汪叫着。小猫纵身一跃，跳到了安全的地方。狗的吠叫声逐渐变成一种低沉的隆隆声——越来越响亮——最后变成可怕的雷声。一束光照过来。小猫回头一看，不是狗，而是一个巨大的黑色的东西，带着两个火红色的眼睛，朝前挪动，吐着烟，吼声像是大院子挤满了猫咪在一起吼叫。她拼尽全力朝前跑着，以前从没有这样拼命过，但是她不敢跨越栅栏。她就像一只狗一样狂奔，快飞起来了，但身形巨大的怪物还是追上了她。怪物没有抓她，只是继续向前，超过了她，消失在夜色中。小猫蹲下大口喘气，在那条狗冲她吠叫之后，她又离家近了半英里。

这是她第一次看到那种陌生的怪物，不过只是对她的眼睛来说很陌生，她的鼻子似乎认识那怪物，并告诉她，这是回家路上的一个重要路标。但是，这只猫比她的同类胆大。她已经摸索出来：这些怪物不太聪明，如果她悄悄地从栅栏下溜出，然后静静地趴在地上，怪物就不会发现她。整个晚上，她遇到很多个，但都平安躲过了，毫发无伤。

日出时，终于，在她的归家路上，她到了一个不错的贫民区，幸运地找到一些没消过毒但是可以吃的东西。她一整天都绕着一个牛棚转，那里面有两条狗和一个小男孩，穿过牛棚再往前走点，就可以到家了。这里很像她的家，但她不想待在这儿。归家之心驱使着她在第二天晚上又出发了。一整天，她看到了很多独眼的咆哮怪物，现在也慢慢习惯了，又平安顺利地度过一晚。第二天她到了一个谷仓，在里面抓住了一只老鼠。接下来的这个晚上可真是九死一生，因为上次她遇到的那只狗一直追捕她，把她往西赶了很远。摆脱这只狗后，她多次被分叉的公路误导，走了很远又折回来。她总是能及时拐回来，继续她的南行之路。日子就在谷仓下的寻寻觅觅以及对狗和小男孩的躲躲藏藏中过去了，晚上她又一瘸一拐地沿着轨道继续走，她生了脚疮，但还是继续走着，一英里过了再一英里，一直向南，继续向南——食不果腹，还得应对危险的狗、男孩、咆哮怪物——她还是继续走着，她的鼻子不时充满信心地向她报告并且欢呼："这肯定是去年春天我闻到过的气味。"

（十）

一个星期过去了，这只小猫的丝带没有了，脚酸痛无比，身上也脏兮兮的，终于抵达哈林大桥。虽然大桥笼罩在美妙的气味中，但是她不喜欢那桥的样子。大半个晚上她都在岸边转来转去，没有找到向南走的路，也没有发现有趣的东西。那里的人和之前的男孩一样危险。不过她总得回来，不仅是因为气味很熟悉，还因为当有独眼怪物跑过时，发出的轰鸣声总让她想起春天她被带到乡下的那次旅途。

她跳上一块木梁，在水面上方行走，午夜的宁静在此刻消失了。路还没走到三分之一，那只发着光的独眼怪又从相反方向呼啸着向她冲过来。她非常害怕，但是也知道这个怪物脑袋很蠢，眼睛也不好使，所以她跳到了一根低一点儿的杆子上，蜷缩着躲起来。怪物继续往前走，没有抓她。一切都很好，但是好像怪物又回过头来,也可能是另一只和他一模一样的怪物又冲了过来。小猫纵身一跃,终于跳上了路中间的栏杆,朝岸边跑去。要不是对面又来了一只红眼怪物,她已经踏上岸了。她拼尽全力跑着,却被困在了两个敌人中间。她有点着急,绝望地纵身一跳,跳上了一个她也不知道是什么的东西。往下沉,下沉,扑通,四处飞溅,掉进了水里。水不太冷,因为这是八月,但是,哎呀,真可怕!她想要看看那只怪物是否在身后游着追她。她一边喷水、咳嗽,一边浮到水面,然后努力朝岸边游去。她从没学过游泳,但她会游泳,原因很简单,猫游泳时的身形和动作跟走路时一模一样。她掉进了一个她不喜欢的地方,自然而然就想走出去。结果就是她游上了岸。哪一边的岸?小猫对家的热爱从未停歇,所以离家最近的南岸对她来说才是唯一的岸。她摸爬上岸时全身都湿透了,等她走过泥岸、沙堆、煤堆后,身上又黑又脏,看起来也完全不高贵了。

恐惧感消退之后,这只拥有贵族谱系的贫民窟小猫开始喜欢跳进水里的那种感觉了。跳进水里,身上毛发就可以自然地富有光泽,也甩掉了那些怪物,令她内心充满了快乐和胜利感。她的鼻子、她的记忆、她本能的方向感又带她走上了回家的路。但这条路上出没着太多的轰鸣怪物。出于谨慎,她换了一条路走,沿着河岸继续追寻着回家的线索。换了一条路,她没有那么害怕了。

三天了,她慢慢学会了应对东河码头各种复杂的危险。有一次她不小心上了一艘渡船,被带到了长岛,不过她很快又坐了另一艘船回来。终于,在第三天晚上,她到达了熟悉的陆地,到达了她第一次逃跑时过夜的地方。由此推断,她这条路线是正确的。她知道自己要去哪里,以及怎么去那里。她也更加了解狗,以及如何躲开他们。她越走越远,越来越开心。再过不久,她肯定就可以蜷缩在她那东方的故乡——老旧的垃圾院子里了。再转一个弯,街区就近在眼前。

但是——怎么回事!它不见了!小猫无法相信自己的眼睛,但她必须相信,因为太阳还没升起来。那里曾经有一些房子,有的矗立着,有的倒了,东一堆西一堆地乱摆着,现在却只剩下荒野、石头、木头以及地面上一个个的洞。

小猫四处走着。根据马路的走向和气味,她知道她到家了。这里曾经住着的养鸟人,曾经的老垃圾场,全部都不见了,完全消失,熟悉的气味也消散了。小猫失去了希望,心里非常难受。家不在了,心也空了。她抛弃一切,历尽千辛万苦回到家,家却没有了。她坚强的内心也不再坚强了。她徘徊在成堆的垃圾里，找不到慰藉，也找不到食物。废墟占据了好几个街区，一直延伸到河边。这看起来更像是那群红眼怪物干的好事。小猫当然不知道，一座桥梁即将从这里拔地而起。

太阳升起来的时候，她寻找着庇护地。附近的街区还是老样子，贵族安纳诺斯坦就撤退到那里。她知道一些小径，不过一到那里，她发现，那里挤满了像自己一样被赶出来的猫，垃圾罐丢出来时，每一只罐子都有几只贫民猫守着。这意味着这里正在闹饥荒。小猫忍受了几天这样的生活后，只得到第五大道上寻找她的另一个家。到了那里，她却发现到处都关闭着，一片荒凉。她等了大约一天，与一个穿着蓝色大衣的大男人发生了冲突，第二天晚上她便返回了拥挤的贫民窟。

九月和十月相继过去。许多猫都死于饥饿，或是太虚弱而斗不过天敌。但年轻力壮的小猫仍然活着。

已经成了废墟的街区发生了巨大变化。小猫第一次到这里时，看到废墟上满是闹哄哄的工人。十月底，一幢高大现代的建筑已经完工。贫民窟小猫受饥饿的驱使，潜入一个黑人放在外面的桶里，不幸的是，这不是垃圾，而是一个新东西：洗刷东西用的桶。

虽然感到伤心和失望，但小猫也发现一丝安慰——手柄上有熟悉的触摸痕迹。她还在研究这个痕迹时，黑人电梯服务员出来了。他穿着蓝衣服，手柄上留下的痕迹的确来自他。小猫已经退到街对面。黑人凝视着小猫。

"她看起来还真有些像贵族安纳诺斯坦猫呢。过来，小猫，猫咪，来哦。我猜她肯定饿了。"

饿了！是啊！她已经有好几个月没有好好吃过一顿了。黑人走进大楼，出来时带着一份他自己的午餐。

"这里，猫咪，猫咪，猫咪！"似乎没什么问题，但小猫却有着防人之心，没有上前。最后，他把肉放在了人行道上，又回到门那里。贫民窟小猫警惕地嗅着肉，然后扑上去，像一只小老虎一样叼着肉跑开，享受着她的奖励。

生活 四

（十一）

一个新时代到来了。小猫每次感到饿了就跑到大楼的门边，她对黑人的好感也日渐增加。她以前从来不了解这个人，他看起来总是充满敌意。现在，他是她的朋友了，她唯一的朋友。

一周来她的运气都不错。连续七天都有非常美味的食物。最后一顿，她发现最上面放着一只美味的死老鼠，真的是老鼠呢，可真是意外财富。她这一生里，从没杀死过一只成年老鼠，但现在她抓起这只战利品，打算跑到其他地方把他藏起来，存着以后吃。她跨过新大楼前的马路，宿敌又出现了——码头狗——小猫撤退了，很自然地退到了门后面她的朋友那里。当她靠近门时，一个人打开了门，另一个衣着讲究的男人走了出来。两个人都看到了猫和这只老鼠。

"嗨，看这只猫！"

"是啊，"黑人答道，"这是只猫呢，她是老鼠的克星，她帮我们扫除了垃圾，所以才这么瘦。"

"别让她饿到了，"这个看起来像房主的男人说道，"你能喂喂她吗？"

"有个卖肝的肉贩经常到这里，五美元一星期，哈。"黑人这么说，心里盘算着，他想到个"主意"，每次可以克扣十五美分放自己腰包。

"好的，就这么办。"

(十二)

"肉——肉——"又是这个富有磁性的男性肉贩的声音,他的推车从小巷里一推出来,猫咪们就聚集在了一起,和从前一样,去领各自的那份肉。

肉贩记得住猫的黑白黄灰,其实就是记得他们的主人。当推车推到新大楼前,他为了新的主顾,停在了这里。

"这儿,你,别挡路,你这垃圾。"卖肝肉贩吼道,他挥着棍子,给那只蓝眼白鼻子的灰猫开路。她领到一块特别大的,肉贩以非常明智的方式分配这些肉,贫民窟小猫也得到了她的"每日一肉",然后返回到那幢大房子里。她已经进入生命的第四个阶段,拥有以前从未梦想过的幸福前景。起初一切都在和她作对,现在一切似乎都顺着她。旅行是否开阔了她的视野,这不确定,但她知道她想要什么,并且也得到了。她也终于实现了长久以来的伟大抱负——抓麻雀,不是一只,而是两只,当时这两只麻雀正在阴沟里扭打在一起,殊死搏斗。

当然,她后面再也没抓到过老鼠,但黑人每抓到一只,就放她面前展示出来,免得她的"伙食费"受到影响。黑人把死去的老鼠留在大厅里,房主到来后,他才带着歉意把老鼠扫掉。"嗯,这只该死的猫,留着贵族安纳诺斯坦的血液,可真是老鼠的克星啊。"从那以后,她生了好几窝小猫咪。黑人认为黄色公猫是其中一些小猫咪的父亲,毫无疑问,黑人是正确的。

他主动把贵族安纳诺斯坦卖给别人好几次,因为他很清楚,过不了几天,小猫会循着原路返回。不用说,他把钱攒下来,是为了达到一些高贵的目的。小猫也慢慢地学会了走电梯,甚至能自己坐上去坐下来。黑人非常坚定地声称,有一次,小猫在顶楼听到肉贩的呼唤,就自己按下按钮,坐电梯下了楼。

她又变得时尚而美丽了。她不仅是能进入手推车内圈的四百只猫中的一只,还是公认的明星。卖肝的人也对她很尊重,甚至典当铺老板娘的那只喂食奶油鸡汤的猫都没有贵族安纳诺斯坦的地位高。尽管她取得了这样的成功,有了这样的社会地位,有这样的王室名字和假血统,她生活最大的乐趣还是在暮色中溜进贫民窟里游逛。不管过去还是现在,本质上,她都只是一只贫民窟小脏猫。

阿诺克斯：
一只归家鸽的一生

一

我们穿过西十九街上一个大马棚的侧门,空气中散发着干草的味道。我们登上楼梯,进入长阁楼,阁楼南端的墙那边传来了熟悉的"咕——咕——咕咕——"声,夹杂着翅膀"呼——呼——"的扑腾声,我们知道,我们到了鸽房。

一群颇有名气的鸟儿在此安家。今天,五十只幼鸟要进行比赛。鸟主人邀请我为这场比赛做出公正的裁决。

这是幼鸟们的训练赛。他们曾和父母一起被带出去过一两次,从不远的距离飞回阁楼。现在,他们生平第一次要离开父母独自飞行。起点在新泽西的伊丽莎白市,这是一段没有任何协助的长距离飞行,"这样一来,"训练者说道,"蠢货将被淘汰掉,最优秀的鸟儿才能飞回家中,这是我们想要的结果。"

这个比赛还有一点需要注意。飞回家的鸟儿也需要进行比赛。阁楼里的人以及周围的鸟类爱好者们都对这些返家的鸟儿很感兴趣。他们为赢家准备了奖金，我负责完成这项重要的职责：决定哪只鸟是赢家。第一只回来的鸟不算赢家，第一只到达阁楼的鸟才算，因为如果这只鸟最先回来，不直接到自己的家，却飞到了邻居家，那肯定不能完成传送信息的任务。

回家的鸽子因为传送信息，通常被称为"信使"，但是我发现，在这个地方，这个名字只用来指代那些观赏鸟——很荒谬地在颌下进化出皮囊袋子的那种。传送信息的鸟通常被称为"归家者"，或是"归家鸽"——总是会飞回家的鸽子。这些鸽子羽毛颜色并不特别，也不像那些观赏鸟一样身形美丽。培养他们，不是为了观赏，而是要训练他们的速度和智力。他们必须对家忠诚，必须能在任何情况下都回到家中。他们的方向感据说是由耳朵里错综复杂的结构决定的。其他任何生物都不如鸽子的方向感和定位感强烈。肉眼可见的证明就是鸽子两只耳朵边的凸起，以及完成归家使命的两只卓越的翅膀。

现在，要对小鸽子们的生理装备和心理素质展开测试了。

虽然现场有很多目击者，但我认为最好还是把所有的门都关上，只开一扇门，第一只信鸽到达后，立刻把它关上。

有人曾提醒我：他们十二点起飞，大概十二点半左右到家，到达时就像一阵风,很难看清楚,一定要小心观察。我永远也无法忘记那天的轰动场面。我们在阁楼里面等待,每一个人都从墙上的一道裂缝或者是半关着的门缝向外看,专注地盯着西南方的天空,突然有一个人叫道:"看啊,他们来了!"他们像一团白云,突然闯进了视野,在屋顶和烟囱上方盘旋,从一开始看见他们到最后降落就几秒钟时间。一阵白旋风,一阵翅膀的扑腾,一切都发生得太突然、太快速了,虽然我做好了心理准备,但也完全没有预料到。我是唯一守在开着的门那儿的。一只蓝色箭头呼呼射进来,翅膀拍打着我的脸,然后飞过去了。我根本没有时间去关掉这扇小门,一个男人大叫起来:"我就知道他是第一。这个小宝贝,才三个月大,百战百胜——真是个小宝贝。"他的主人十分高兴地手舞足蹈,为他的鸟儿的胜利而开心,而不是为奖金得意。

这个人坐着,也像是蹲着,满怀敬意地看着这只鸟儿。只见他喝了一大口水,然后走向了食槽。

"看那双眼睛,那双翅膀,那个胸脯,真是勇猛!"赢家向其他鸟儿的主人喃喃念道。

这是阿诺克斯的第一次战绩。五十只鸟中的第一名,他的前途一片光明。

他的腿上带上了银色脚环,代表他成了完成神圣使命的高级归家鸽,上面写着编号:2590C。这一天,对所有归家鸽饲养者来说,都是意义非凡的一天。

本次试飞训练赛中,只有四十只鸟按时飞回来了。通常情况也是这样。有一些体力不支,掉队了;有一些很愚蠢,迷路了。通过这种简单的选拔赛,鸽子主人能提高鸽子战队的质量。没有及时回来的十只鸽子当中,五只消失了,另外五只在当天晚些时候回来了——不是一起回来,而是零零散散、陆陆续续回来的。最后慢吞吞到家的是一只笨拙的大蓝鸽。阁楼里有个男人叫道:"这就是那只又老又蠢的蓝鸽,杰克还很看好他,把赌注押在他身上。我真没想到他还能回来,不过回不回来我也无所谓,我一直觉得他是凸胸鸽的一种。"

这只大蓝鸽还有个小名叫"边角",还在孵化期时,他就精力异常旺盛。所有的鸟儿同一时间孵化出来,但他长得更快、更大,而且还有些漂亮,不过养鸽人倒是不关心这些。他似乎也知道自己块头更大,所以很早就开始欺负他的同类。他的主人预言这只鸽子一定大有作为,但是马棚主人比利看着他的脖子、头、骨架、身形，却有些疑虑。"这只鸟的凸胸上面长个皮囊袋子，根本没法借助风的力量；腿那么长，身体那么重，怎么飞得快啊；脖子那么长，也是个减分项。"比利一边打扫，一边这样不屑地抱怨着。

二

比赛后，鸽子的训练依旧定期开展。离家的距离，每天都"激增"二十五或者三十英里，方向也在不断变化，为的是让鸽子熟悉纽约周围一百或一百五十英里内的地方。最初的五十只也减少到了二十只，因为这种严格的筛选程序剔除掉的不仅是体弱的、能力不够的鸽子，还有那些暂时生病或遭受意外的，或者那些起飞时不小心吃多了的。那次飞行有很多优秀的小鸟，胸肌开阔，双眼明亮，羽翼修长，生来就飞行敏捷，不知不觉就完成了冒险的任务，他们注定要在人类最需要的时刻成为为他们服务的信使。他们的颜色大多是白色、蓝色、褐色。他们不穿制服，但是每一只被选中的鸽子都具有坚定的眼神、凸起的耳突，以及最优良的归家鸽血统。他们之中最好的、质量最上乘的，几乎每一次都得第一的鸽子，就是阿诺克斯。休息时他没什么两样，和其他所有的信鸽一样，腿上带着银色的脚环，只有在蓝天上，阿诺克斯才展现出他的本色。随着盖子打开，命令发出："起飞"，第一个飞出的就是阿诺克斯，直击高空，不受地面的干扰，认准回家的路，便一直飞下去，不因饥饿或孤独而停留。

尽管比利不太看好蓝鸽边角，但他也是优秀的二十只信鸽之一。他经常回家迟到，从来没拿过第一，有时其他鸽子都回来好几个小时了，他才到。他既不饿也不渴，很明显他在路上又悠哉偷闲了。不过他毕竟已经回来了，像其他的鸟儿一样，他的腿上也带上了神圣的徽章，上面印着一些可能带来名气的编号。比利看不上他，觉得他不能和阿诺克斯相提并论，但他的主人说："给他个机会吧，正如俗语所说，'熟得快，也烂得快'。我发现最好的鸟总是最后才展露本事的。"

一年前，小阿诺克斯就已经创造了一个纪录。所有工作中最难的是穿越海洋，因为鸟儿们无法通过标志性建筑获得丝毫帮助。穿越海洋最难的就是遇到海雾，太阳被遮住了，没有任何参照物。由于记忆、视觉和听觉都派不上用场，归家鸽只剩一种强大的实力——与生俱来的方向感。只有一样东西可以破坏方向感，那就是恐惧，因此两只强大的翅膀中间必须有一颗坚强的小心脏。

在训练中，阿诺克斯带着两份需要传递的信息，搭上了开往欧洲的远洋轮船。鸟儿们将在看不见陆地的地方被放飞，但是大雾弥漫，起飞很困难。开船的人还是带他们上了船，想让下一艘船载他们回去。十小时过去了，发动机坏了，雾也越来越浓，船在大海上漂泊，无助得像一块木头一样，随波漂流。他们鸣笛请求援助，却没有任何结果，船长觉得那效果就跟打旗语差不多。这时他们想到了鸽子。首只选中的鸽子是斯塔贝克，编号2592C。请求支援的消息写在了防水纸上，卷起，放在了他尾巴上的羽毛下侧。他被抛向空中，消失了。半小时后，第二只蓝鸽边角，编号2600C，带着另外一封信起飞了。他飞了起来，但几乎同时又折了回来。鸽子的恐惧就是这样，他很怕，无论如何都不愿意离开船。他吓坏了，船员把他抓回来，扔回鸽群，很是丢脸。

现在，第三只被带了出来，一只矮胖的小鸟。船员都不认识他，但从他的脚链上看到了他的名字和编号，阿诺克斯2590C，这对于他们来说没有什么意义。但把他带出来的船员指出，他的心脏不像刚才那两只鸟跳得那么疯狂。信件被从蓝鸽身上取下，上面写着：

上午十点，星期二。

纽约出发,行驶二百一十英里后,旗杆坏了,在大雾中漂流。请求拖船尽快支援。我们每六十秒发出一次鸣笛,一声长,一声短。

船长(签名)

这封信被卷起,包在防水材料里,写上轮船公司的地址,放在了阿诺克斯中间那根尾羽的下方。

当他被抛向空中时,他围着船盘旋,然后盘旋得更高,然后以更大的圈盘旋得更高,接着就从人们的视线中消失了。他继续往高处飞,已经看不到这艘船了。他所有的感官都无法调用了,唯独除了一种感官,他只靠这一种感官——方向感。他内心坚定,无所恐惧。他就像一根飞向极点的针,毫不犹豫,无所疑虑,只用一分钟便飞离了船,如一道光线般径直飞回他出生的阁楼,那个在地球上唯一能让他感到愉快的地方。

那天下午,比利值班,听到翅膀快速扑打的声音,只见一只蓝色的飞鸟闪过阁楼,冲向水槽。他一口接一口地猛喝着水,比利这时气喘吁吁地说:"天哪,是你,阿诺克斯,你这个美丽的精灵。"然后,他出于养鸽人的习惯,快速掏出他的手表,记下了时间,下午两点四十分。他一瞥,看到了尾巴上的字条。他关上了门，并迅速用捕鸽网罩住阿诺克斯的头部。片刻之后，他手里拿着纸卷，两分钟后，他快速跑到了公司办公室，那里给的小费可是很丰厚呢。在那里，他了解到，阿诺克斯在雾中飞了二百一十英里，在海上飞了四小时四十分钟。一小时内，这艘不幸的轮船所需要的援助就发出了。

在大雾弥漫的海上飞行了四小时四十分钟，共计约二百一十英里！这是一个伟大的纪录。它被正式记入归家鸽俱乐部的卷宗中。记录员捧着阿诺克斯，在他的右翼上用橡皮图章和去不掉的油墨印上了他的丰功伟绩：日期和对应的数字。

另一只放出去的鸽子斯塔贝克，再没有人听说过了。毫无疑问，他已在海上丧生。

蓝鸽边角则坐着拖船回来了。

三

这是阿诺克斯首次公开创下纪录，其他的纪录也接踵而至，以阿诺克斯为中心，许多稀奇古怪的场景在阁楼附近上演。一天，一辆马车开到马棚前，一个白发苍苍的绅士走出来，爬上了落满灰尘的楼梯，和比利在阁楼里坐了一上午。他戴着金丝边眼镜，先是读了一大堆报纸，然后又注视着屋顶，等待着，观望着，为了什么？为了从不到四十英里远的一个小地方传来的新闻——对他来说分量很重的新闻，这个消息要么成就他，要么毁了他，因此他必须在电报发出前就要收到：一封电报发出会有至少一个小时的延迟。四十英里内有什么比电报的速度更快？就只有一样东西——一只高级的归家鸽。提前获知消息才是大事，钱都是小事，他可以出最高的价钱。翅膀上写着七次光辉纪录的阿诺克斯被选为信使。一个小时过去了，又一个小时，第三个小时开始了，随着翅膀的扑腾声，那只蓝色的流星落入阁楼，比利关上门，抓住了他。比利动作很敏捷，抓住了线，然后把纸卷给了银行家。老头面色惨白，摸索着打开它，然后他的气色恢复了。"感谢上帝！"他气喘吁吁地说，然后迅速赶回他的董事会会议。小阿诺克斯真是救了他的命。银行家想把归家鸽买回去，他会很尊重和珍惜这只小鸟，但比利很清楚："这有什么好处呢？你永远也买不到归家鸽的心。你可以囚禁他，但仅此而已，世界上任何东西都不能让他抛弃那个破旧的阁楼——他被孵化出来的地方。"所以阿诺克斯仍然留在西十九街211号。但银行家一直对阿诺克斯念念不忘。

在这个地方，有些恶棍认为天上飞的鸽子可能远离家乡，所以见者有份。他们很难抓住鸽子，有时甚至会开枪射杀他们。很多高贵的归家鸽带着生死攸关的消息飞快地往家里赶，却被这些恶棍击落，无情地做成一锅馅饼。阿诺克斯的兄弟阿诺夫翅膀上已写有三条光辉纪录，却在一次为一位医生送信时被谋杀。当他死在枪手脚下时，摊开的翅膀显示了他的战绩。看到他腿上的银徽章，枪手非常悔恨。他发出了消息，把这只死鸟送了回去，他说，他"发现"了它。阿诺夫的主人来见他，枪手在讯问下崩溃了，被迫承认是自己射杀了归家鸽，但这样做只是为了帮一个可怜的生病的邻居，因为他很想吃鸽子饼。

养鸽人愤怒的泪水在打转。"我的鸟，我美丽的阿诺夫，他曾二十次带回来至关重要的消息，三次创造纪录，两次救了人命，你就为了一个饼，射杀了他，我可以根据法律惩罚你，但我不想这样报复你，我只有这样一个要求，你如果再有一个生病的邻居，想要吃鸽子饼，直接过来，我们将免费向他提供可以制作馅饼的乳鸽，如果你还有一丝人性，你绝对不要！永远不要！再射杀，或允许他人射杀，我们高贵又无价的信使！"

这件事是银行家联络上阁楼之后发生的。他是个很有影响力的人物，此时很爱鸽子，于是阿诺克斯的壮举直接促成了《奥尔巴尼市信鸽保护条例》的颁布。

四

比利一直都不喜欢蓝鸽边角（2600C）。虽然边角仍然带着银徽章，比利却认为他是只低劣的鸟。远洋轮船事件可以证明他是懦夫，只有欺凌弱小的本事。

一天早晨，比利发现两只鸽子，一大一小，你啄我一下，我啄你一下，空气中羽毛乱飞、尘土飞扬，场面一片混乱。比利赶紧把他俩分开，才发现小的那只是阿诺克斯，大的那只是蓝鸽边角。阿诺克斯打得很拼命，但还是被打败了，毕竟蓝鸽块头和重量都比他大一倍。

不久后，主人才知道了他们打架的原因——争夺一只美丽的母鸽。蓝鸽很霸道，平时他俩关系就很紧张，但因为这只漂亮的小母鸽，两只公鸽进行了决斗。比利无权拧断大蓝鸽的脖子，但他介入了这场战斗，尽可能帮助他最喜欢的阿诺克斯。

鸽子的姻缘和人类有点像。朝朝暮暮相处是首要的条件：强迫两人待一起，日久生情，一切就自然而然了。比利把阿诺克斯和小母鸽单独关在一起两周的时间，为了以防万一，这期间，他也把大蓝鸽和另一只母鸽子关在另一个笼子里。

事情正如预期般发展着。小母鸽和阿诺克斯喜结连理，另一只母鸽子也和大蓝鸽在一起了。两个巢筑起来，一切都以"从那以后他们过上了幸福的生活"的趋势发展。但是大蓝鸽又大个又帅气。他炫耀着他的嗉囊，在阳光下昂首阔步，脖子边上闪耀着七彩的颜色，即使是最沉着冷静的母鸽也为之倾心。阿诺克斯虽然身材强壮，但个头小，除了眼睛明亮，外貌没什么好看的。他经常去执行重要任务，蓝鸽则待在阁楼，无所事事，展示着他健壮的翅膀——徒有其表，没有任何功绩印记。

道德家在讲述爱和坚贞的道理时常常提到低等动物，尤其喜欢用鸽子来举例，但是，唉，也有例外的情况。恶行不是人类的专利。

阿诺克斯的妻子一开始就对大蓝鸽印象深刻，终于有一天，趁阿诺克斯外出时，可怕的事情发生了。

阿诺克斯从波士顿返回，却发现大蓝鸽脚踩两船，一边继续占据自己笼子里的母鸽子，一边又侵占了阿诺克斯的笼子，一场殊死的战斗开始了。两个妻子在旁边观战，神情漠然。阿诺克斯的翅膀执行飞行任务时战功赫赫，却并不会因为上面带着二十条纪录而成为打仗的好武器。他的嘴和脚都很小，勇敢的小心脏无法弥补他重量轻和个头小的劣势。战斗对他不利。他的妻子漫不经心地坐在鸟巢里，就好像这不是她的事，要不是比利及时到达，阿诺克斯可能已被杀死。比利非常生气，想去拧断蓝鸽的脖子，但他及时逃脱了。接下来几天比利都细心照顾他钟爱的阿诺克斯。一个星期后，他就恢复了。十天后，他又开始执行任务了。与此同时，也能看出，他原谅了妻子的移情别恋，继续和她一起住在家里，没有任何异样的表现。那一个月内，他又创造了两次新的纪录。十英里外的消息，他八分钟就带回来了。从波士顿回来则只花了四个小时。每一次执行任务，他都带着对家的热爱，却发现他的妻子对他根本不屑一顾，真是只可怜的顾家的鸽子。不久后，他发现妻子再次与大蓝鸽调情。虽然他已经很累了，但依然和蓝鸽展开了决斗。同样，要不是比利的介入，他又差点没命了。比利把两只斗士分开了，然后把蓝鸽关在鸟舍中，决定以某种方式除掉他。

"无年龄限制"的让步赛开始了，从芝加哥到纽约，一共需要飞行九百英里，阿诺克斯六个月前就已报名。他身上的押注金一直在上涨，尽管他的小家不得安宁，但是他的朋友认为他不会不回家的。

这些鸟被装到火车上运往芝加哥，中间根据负重一批批地放飞，最后放飞的是阿诺克斯。鸽子们都抓紧时间，出了芝加哥，有几只参赛鸟儿遇到一群鸟，不假思索就加入了他们，走了另一条路线。归家鸽靠自己的方向感可以直线飞行，但是如果跟着一大群，就会忘记那些地标，最后迷路。很多鸽子都受过训练，走芝加哥—哥伦布—布法罗这条路。阿诺克斯知道这条路，但他还知道途经底特律的那条路。所以离开密歇根湖后，他便直飞底特律。因此，他赶上了先前放飞的那些负重队员，领先了许多英里。底特律—布法罗—罗切斯特，那些熟悉的塔和烟囱，都被他甩在身后，叙拉古近在咫尺。现在是傍晚，十二个小时内他飞了六百英里，毫无疑问领先了对手，但他忽然感到口渴，扫视城市屋顶，看到了一间阁楼里的鸽房，于是他画了两三个大圆开始降落，跟随其他鸟儿飞进阁楼，贪婪地喝起了水槽里的水。这样的画面是鸽子爱好者们都殷切期望看到的。阁楼的主人注意到这只陌生的鸟。他悄悄地走到可以观察他的地方。这所阁楼的一只鸽子突然对这只陌生的鸽子暴发敌意，阿诺克斯张开翅膀回击，这时，他翅膀下那一长排的纪录展现了出来。阁楼的主人也是个鸽子爱好者。他来了兴致，拉下隔板，把门关上，几分钟之内阿诺克斯就成了他的阶下囚。

这个强盗展开了这对写满纪录的翅膀，一则一则地读，一眼看到他的银徽章——其实应该是金徽章。他读着他的名字——阿诺克斯，然后惊呼："阿诺克斯！阿诺克斯！我听过你的名字！你这个可爱的精灵，居然被我抓住了，我太高兴了。"他从阿诺克斯的尾巴下拿出信息，打开它，上面写着："阿诺克斯今天凌晨四点离开芝加哥，参加无年龄限制比赛，目的地是纽约。""十二个小时内飞六百英里！太有力量了，又破了一个纪录。"这个强盗轻轻地，几乎是虔诚地把飞鸟关进了铺了棉垫的笼子。"好吧，"他补充说，"我知道试图让你留下是没有用的，但我可以用你来育种，留下优秀的基因。"所以阿诺克斯就和其他几个因犯一起被关在宽敞舒适的阁楼里。这名男子虽然是小偷，但也非常喜爱归家鸽，他给他的俘虏提供了可能的一切来保证舒适和安全。阿诺克斯离开了自己的家已经三个月了。起初他一整天任何事情都不做，只在笼子里跳上跳下，四处搜寻逃跑的出口。第四个月，他似乎已经放弃了尝试，警惕的狱卒开始他计划的第二部分。他把一只忸怩作态的年轻母鸽子介绍给阿诺克斯。但阿诺克斯似乎没有回应,甚至对她一点儿都不礼貌。过了一段时间,狱卒取出那只母鸽子,阿诺克斯又在笼子里被单独关了一个月。之后,另一只母鸽子又被放了进去,但运气仍然不好。一年内,无数母鸽子被放了进去。阿诺克斯的态度要么是猛烈回击,要么是轻蔑淡漠,还时不时地表现出逃走的渴望,被抓回来之后又更加顽强,在笼子里上上下下地撞击着,用尽身体所有的力量。

他翅膀上的羽毛开始了一年一度的更换,他的狱卒把这些羽毛视作珍贵的东西保存了下来,新的羽毛长出来时,又重新在上面印上了那些颇有名气的纪录。

两年慢慢地过去了。狱卒把阿诺克斯放进了一间新的阁楼,也放入了另一只母鸽。意外的是,她有点像曾经那位移情别恋的妻子。阿诺克斯还有点看得上这只新来的鸽子。狱卒认为这只小鸟开始对同伴产生点兴趣了,他确信自己看到了她在准备一个窝。然后,主人认为,两只鸽子已经进入新阶段,成了夫妻,便第一次打开了笼子。阿诺克斯自由了!他可曾有一丝流连吗?他犹豫了吗?不,一刻都没有。下拉门拉开的那一刹那,他就如箭一般射了出去,伸展开那美丽的带着纪录的翅膀,就从那可恶的监狱飞了出去，越来越远。

五

我们无法探视鸽子的内心，也许我们的设想——他们富有爱心、思念家乡——是错误的，但我们可以肯定的是，我们再浓墨重彩地高度赞扬他们对家的热爱也不为过。这种高贵的鸟儿对家无尽的热爱是与生俱来的，也是由人类培养的。你可以说，这只是人类为了满足私欲而培养的一种本能而已，你也可以随意解释分析，或者歪曲它，但他们对家的热爱就是这样：浓烈、永恒——只要还有一丝心跳，只要还能拍打翅膀。

家，家，美好的家！人类对家的热爱也不及阿诺克斯。老鸽房里的考验与悲伤都被爱冲淡。数年的关押、新的伴侣、对死亡的恐惧，都没有磨灭他对家的爱。阿诺克斯如果会唱歌，现在也肯定会像个英雄一样无比喜悦地歌唱着：他一跃而起，向上盘旋，越飞越高，怀着高贵的信念，拍打着两只战绩赫赫的翅膀——向上，向上，圈儿越画越大、越画越高，蓝色的天空映衬着灰蓝色的身影，翅膀上的纪录若隐若现，翅膀的拍打越来越快，就像是喷发的火焰——一直向上，带着对家的忠诚，只对那唯一的家的忠诚，只对唯一的伴侣（尽管背叛了他）的忠诚。他闭上眼睛去看，蒙上耳朵去听，不去想近处的事物，不去想被囚禁的两年，不去想一半的盛年已经流逝，只是冲向蓝天，像圣人那样，直面自己的内心，受内心最深处的力量驱使。他是船长，也是船员，罗盘和地图都是身体的本能。离树一千英尺的高度，又听到了神秘的呼唤，阿诺克斯带着箭一般的速度开始朝东南方飞去。羽翼扑扇着，消失在天际，那位带着敬意扣押他的强盗再也看不见阿诺克斯的身影了。

一辆特快列车喷着蒸汽在山谷中快速前进，但是阿诺克斯很快超过了它，就像飞行的野鸭很快就超过游泳的麝鼠。在山谷高处翱翔，又在希南戈山的松林间低飞。

一只鹰正在橡树上的鹰巢外静静地盘旋，他瞄准了这只鸽子，伺机捕捉这只猎物。阿诺克斯既没有左右绕弯，也没有上下躲避，更没有放慢速度。老鹰等着鸽子慢慢靠近，阿诺克斯从他旁边一闪而过，就像是一直正值壮年的鹿从熊身边跑过。家！家！家是唯一的牵挂，是他不顾一切的冲动。

拍击，拍击，拍击，那对翅膀现在高速地拍击着，在这条熟悉的道路上一刻也不曾懈怠。一小时后，卡兹奇山已经近在眼前了，两小时后，他就将飞过这座山。那些曾经熟悉的地方，迅速映入眼帘，也给了他的翅膀更多的动力。家！家！是内心在唱着的一首无声的歌曲，是无比饥渴的旅行者眼中的梅林，他那锐利的眼睛捕捉到曼哈顿区遥远的烟雾。

在卡兹奇山的山顶附近有一只猎鹰——掠夺者中最敏捷的一类，力量强大，翅膀强壮，总能捕获许多猎物。许多鸽子都曾落入其口。他乘风而来，俯冲，保留着力量，等待着时机。他完全知道时机，向下，就像一只一闪而过的标枪，任何鸭子甚至老鹰都无法逃脱他的魔爪，因为他是一只猎鹰啊。所以，归家鸽啊，省省吧，绕这座危险的山吧。他绕过了吗？完全没有！因为他是阿诺克斯。家！家！是他唯一在想的东西。面对这样的危险，他只是加快了速度。猎鹰下蹲着，准备着——白色一闪，就什么都没有了。阿诺克斯就像投石器里射出来的一颗石头，把山谷的空气分成了两部分。一只白色翅膀的鸟，变成一个闪着光圈的点，越来越远，最后成为海面上的一颗灰尘。哈德逊湾那条熟悉的公路，他有两年没见了。现在他飞到较低的高度，此时下午的风从北吹来，吹皱了下面的河面。家！家！家！家！那座城市的塔进入视野。家！家！穿过了波基普西那宏伟的三角桥，俯瞰，掠过河岸。风越吹越大,他飞得更低了。啊,飞得太低了。

是什么样的恶魔诱惑着枪手在六月的这个时候潜伏在那座山上?什么样的恶魔让他注视着蓝色天空中从北方飞来的一道白光?啊,阿诺克斯,阿诺克斯,在低空掠飞着,小心啊,小心那个老枪手。飞得太低了,都要撞到那座山上了。太低了——太迟了——嘣!死神来到他身边,到他身边,弄残了他,却没有打倒他。他那闪着光芒的翅膀散落出零碎的羽毛,上面还留着他的光辉纪录。他出海的纪录没有了。不是二百一十——而是二十一英里了。哎,真是无耻的掠夺!他的胸膛出现了一个黑色的污点,但是阿诺克斯继续向前飞着。家!家!朝着家的方向。一瞬间,危险就已经过去了。家!径直向家的方向飞去,但是那无可匹敌的速度却受到了重创,现在不是一分钟一英里了,风也在不合时宜地扑向他那破烂的翅膀。胸膛上的污点昭示着力量的不足,但是往前,直线往前,他继续飞着。家,家就在眼前,胸膛上的痛苦已经被他遗忘。在他扫视新泽西的建筑物时,那座城市的高塔尽收眼底。翅膀可能受损了,眼皮可能更沉重了,但是对家的热爱却越发强烈了。

为了避风,他从那高高的栅栏下飞过。他飞过了波光粼粼的水面，越过大树，飞过了游隼的老巢，飞过残酷的游隼守着的城堡；游隼就像带着黑纱面具拦路抢劫的强盗，盯着飞过来的鸽子。阿诺克斯很早就知道他们，很多需要传达的信息就是被他们截下，很多破过纪录的翅膀也在快速飞行到这儿后羽毛乱飞。但是阿诺克斯曾经和他们对峙过，现在他又和从前一样回来了，敏捷的身姿向上飞着——但再不似从前。那把致命的枪削弱了他的力量，也降低了他的速度。向上，不断向上。那些游隼等待着时机，就像闪电一样，以迅雷不及掩耳之势冲向这只又弱又累的鸽子。

接下来的故事还需要说吗？一个勇敢的小心脏历尽千辛万苦，却无法回到自己日夜思念的家乡，这种绝望还需要说吗？一瞬间，一切都结束了。游隼们尖啸着凯旋。他们挟着战利品盘旋升空。爪中紧攥的猎物，正是那具小小的尸体——战功赫赫的阿诺克斯。那双无与伦比的翅膀被生生撕裂，羽毛上那些光辉的纪录随风零落四散。很久以后，这些杀戮者也遭到屠戮，匪巢亦被洗劫一空，却没有人知道这只曾经战无不胜的鸟儿的命运。在杀戮者的巢中，复仇者掘开深处的尘泥，会发现一只银色的脚环，那是归家鸽神圣的徽章，上面写着耐人寻味的字迹：阿诺克斯2590C。

比利：
巴德兰山的狼

一　月下的狼嚎

你知道吗？狼在追捕猎物时会发出三种叫声——第一种是拖长的深嚎，意思是发现猎物，但孤军奋战无法应付，需要召集同伴；第二种是高声的长吠，声音很响亮且逐渐增强，意思是发现了新鲜的猎物；第三种是尖锐的狂吠加上急促的呜咽，听起来声音最小，却仿佛是敲响的末日钟声，意思是"完结"了——猎物很快就可以享用了。

金与我正在巴德兰山骑行，随行的还有一大群猎狗，有的跟在我们后面，有的在旁边小跑。夕阳西下，一抹血色沿着圣体诺大山发散开来。群山变得很朦胧，山谷很黑暗，这时，从不远的暗处传来悠长低沉的嚎叫，任何人都能凭直觉辨别出来这是狼嚎。虽然现在狼对人类不会造成威胁，但这声调却让人后背发凉。我们听了一会儿，猎狼人打破了沉寂："这是比利，来自巴德兰山的狼，听听这个声音！他今晚出来狩猎了。"

二　过去的日子

原始时代，狼群常常跟在野牛群后，伺机袭击那些生病、羸弱或是受伤的野牛。野牛灭绝后，狼群没了食物，生活很难维持下去。很快，水牛填补了这个空缺，解决了狼群的生存问题。这也引发了猎狼战争。牧场主们提供赏金，悬赏猎狼。牛仔们在工作之余设置陷阱和毒药去捕狼。这很快变成了他们的专职工作，他们也因此被称为猎狼人。金·瑞德就是其中之一。他性格安静，说话比较绅士，对动物的生活有着敏锐的眼光和独到的见识。他很擅长捕捉野马和狗，还有狼和熊。不过，对狼和熊的"捕杀"主要是指推测他们的位置，以及如何最好地抓到他们。他猎狼多年。他曾说，"据我这些年的经验，灰狼从不会攻击人类"，这可真是大大出乎我的意料。

夜深人静的时候，我们常常在篝火旁聊天，然后我知道了巴德兰山狼比利的故事。"我已经见过他六次了，这个星期天应该会是第七次，应该吧，然后他就会休息很长一段时间了。"就这样，在这块地上，在这夜风呼啸、土狼狂吠，偶尔还有比利狼拖长的深嚎的晚上，我听到了这段历史，加上其他地方收集来的零零散散的传闻，我知道了圣体诺大山大黑狼的故事。

三　峡谷中诞生

时间回到 1892 年的春天，一个猎狼人曾在圣体诺大山的东边"猎狼"。长久以来，平原居民都对那座大山津津乐道。五月的兽皮并不算好，但捕狼的奖金很高，五美元一头，母狼的奖金则再翻一倍。一天早上，他走到小溪旁，看见小溪对面一只狼正准备喝水，便开了一枪，轻而易举地就把她杀死了。后来他才知道，他杀死的是一只还在哺乳的母狼。她的狼崽们应该也在附近，所以接下来两三天，他搜寻了所有可能的地方，却没有发现狼窝的一点儿踪迹。

两个星期之后，猎狼人骑着马在附近的峡谷游走时，看到了一只狼从洞里出来。步枪端了起来，瞄准，十美元的奖励又到手了。然后，他挖进巢穴，发现了里面的狼崽，让他非常惊奇，因为一般一窝狼崽只有五六只，这窝却足足有十一只。说来也怪，这窝狼崽有两种大小，其中五只要比另外六只更大更成熟。当猎狼人剥下母狼头皮作为战利品时，他意识到了：这是一个母亲在抚养两窝幼仔。其中一窝应该是他在两个星期前杀害的那只母狼所生。很明显，小家伙们等待的母亲永远不会再回来了。他们可怜巴巴地呜呜叫着，肚子越来越饿，哭声也越来越大。另一位刚产下狼崽的母亲从这里经过，听到了狼崽的哭声。她心肠很好，所以把狼崽带到自己的窝里，照顾着这些孤儿们，给两家的孩子提供食物。可是，这一切，被猎狼人终止了。

很多猎狼人钻进狼的巢穴，却什么也没发现。洞的内侧常常挖了很多洞，可能是老狼挖的，也有可能是幼崽挖的。敌人闯进来时，他们就藏在洞里面。松散的土掩盖了这些小洞，小狼们借此逃过一劫。猎狼人带着母狼皮从狼窝里出来时，他不会知道，最大的那只小狼还在窝里，就算他再多等两个多小时，可能也想不出什么办法。三个小时后，太阳落山了，洞穴深处开始出现轻微的刮擦声，先是露出两只灰色小爪子，然后一个黑色的小鼻子出现在狼窝一侧的一堆软沙里，最后小狼从藏身之所跑出来了。刚才狼窝里发生的袭击把他吓坏了，这会儿他也不知道自己该怎么办。

洞口已经是刚才的三倍大，顶部完全打开了。躺在附近的东西，闻起来像是他的兄弟姐妹，但他却很排斥他们。他嗅着他们，充满了恐惧，然后潜入一旁厚厚的草堆里，一只夜鹰在他头顶发出轰轰轰的声音。他整晚都蜷缩在灌木丛里，不敢靠近狼窝，也不知道可以去别的什么地方。第二天早晨，当两只秃鹰俯冲下来吞噬尸体时，小狼就沿着灌木丛最深的地方逃走了。他一路走进了山沟，来到一个宽阔的山谷。突然草丛中站立起一只大母狼，和他的母亲相同但又不同。母狼在界定自己的安全距离时，狼崽本能地趴在了地上。毫无疑问，此时母狼要吃掉这只狼崽易如反掌，但是她嗅了嗅之后，形势改变了。她在旁边高高站立了一会儿。狼崽匍匐在她脚边，母狼不想杀他，也不想吓他。他有着幼崽的气味，她自己的小狼也和他差不多大，她心软了。当他鼓足勇气把鼻子凑到她的鼻子下，她没有生气，只是短促地咆哮了一声。然而，现在他闻到了他急需的东西。他已经两天没吃东西了。母狼转身离开了他，他也迈开笨拙的小腿，跌跌撞撞跟着她走。如果母狼住在很远的地方，他肯定很快就会被抛在后面，但她就住在最近的山谷，幼崽跟着这只母狼，也很快抵达了巢穴。

陌生人就是敌人。老狼跑过来防御敌人时，又一次遇到这只幼崽，小狼的气味让她又放松了警惕。小狼躺在地上，表示屈服。他的鼻子告诉他，好东西就在触手可及的地方。母狼走进狼窝，和自己的小狼们蜷缩在一起，这只幼崽也跟在后面。当他走近其他小狼时，母亲咆哮着，但是每次又生不起气来，因为他也毕竟是只小狼，他现在也进入那些小狼中间了，自在地吃着玩着，所以，他自己把自己认养到这个家庭了。几天后，他已经和这窝狼打成一片，狼妈妈已经忘了他是从外面来的。然而，他在很多地方还是和其他小狼不同。两个星期后，他变得更加强壮了，脖子和肩膀上长出了黑色的鬃毛。

小黑毛跟着他选择的养母，感觉再快乐不过了，因为这只黄狼非常狡猾，总能猎到食物，而且还具有很多现代的知识。刺激牧羊犬乱叫，捕捉慌乱的羚羊，咬断野马脚踝，从侧面攻击牛，这些古老技能的习得，部分是靠她的本能，部分是冬天和狼群在一起时从更有经验的亲戚那里学会的。但是，她也知道一些现代必须知道的情况：所有的人都带着枪，枪是无法战胜的，唯一避开的办法就是在白天不要露面，晚上枪支不会对他们造成伤害。她对陷阱也很警惕。她曾经中过一次陷阱，一只脚趾被卡在了里面，她拼命挣扎，最后丢掉了这只脚趾。不过好处还是大于坏处的，她获得了自由，保住了自己的性命。虽然她不理解陷阱究竟是什么，但是当时她非常害怕，所以她认为，铁也是很危险的东西，应该不顾一切避开。

有一次，她和其他五只狼计划袭击一个羊场，她在最后一秒克制着没有冲进去，就是因为她发现了一些新捆扎的电线。其他那些狼冲进去后才发现，根本无法靠近羊群，反而进入一个致命的陷阱。

因此，她已经知道了这些新的危险的存在，当然，她要了解那些事物是不可能的，所以她逐渐就对陌生事物保持谨慎，不轻信。对那些事物的恐惧也让她处于安全境地。每一年，她都成功地培养出许多小狼，在乡下，黄狼的数量在增加。他们也都已经学到应该远离枪、陷阱、人，还有人带来的新的动物，但她还有一个教训没有学到——一个实在很可怕的教训。

黑毛的兄弟们一个多月大的时候，有一天，黑毛的养母回家时，状况非常奇怪。她口吐白沫，双腿颤抖，倒在狼窝门口附近，开始抽搐。等她恢复一点儿时，她走进狼窝，下巴还在颤抖。她想要舔小狼时，牙齿嘎嘎作响，于是她咬着自己的前腿，以免自己去咬那些小狼。慢慢地，她安静下来。恐惧的幼崽们之前都撤退到狼窝里面的小洞里，但是现在他们出来了，围在一起，像平时一样，寻求着食物。母亲也慢慢恢复了，但接连两三天都病得很重，那些天，她体内的毒素对小狼们来说真是灾难。他们患上很可怕的病，只有最强壮的小狼才能存活下来。这场生死的较量结束时，狼窝里就只有老狼和那只黑毛了——那个她领养的孩子。

因此小黑毛成了她唯一的依靠,她倾尽全力抚养他,他也一天天茁壮成长。

狼学东西非常快,对气味尤其敏感,从那以后,幼狼和养母都很讨厌士的宁的气味,一闻到味道就失去理智,迅速变得非常恐惧。

四 初步的训练

母狼将喂养七只小狼的精力全放到了这一只小狼身上,所以小狼得以迅速成长。到了秋天,他已经和母亲一样高了,就开始跟随母亲狩猎。时光荏苒,大江后浪推前浪,一代新狼换旧狼,领地归属开始有了新的变化。圣体诺大山下面的平原里堆积着很多巨大的岩石块,都被高大强壮的狼占领着,那里没有像黄狼与黑毛这样的弱者的容身之地。

狼的语言不像人类语言那么丰富,他们只会发出十几种嚎叫声、吠叫声还有咕噜声,表达最简单的情感,但他们也有很多其他方式传递想法,还有一种非常特殊的方法传播信息——狼型远程沟通(或称为狼型通话)。在信息的交流范围内有一个公认的"中心"——可能是石头,可能是两条路交叉的地方,也可能是水牛头骨——实际上,任何道路上显眼的东西都可以作为中心。狼型远程沟通的实质是留下自己身体的气味,并且学会辨别其他狼留下的气味,就和狗对着电线杆(撒尿),或麝鼠在泥坑里所做的一样。狼可以通过这种方式知道其他狼到这儿的时间,去向何处,身体情况如何,有无猎物,是饿着肚子还是吃饱了或是生病了,也可以知道他的朋友和敌人所在的位置。有关这些地方在哪儿,以及这种信号的使用方法,黄狼养母并没有刻意去教黑毛。是无数的例子,加上黑毛自己的直觉,教会了黑毛去辨别这些信号。但是,遇到危险时,黄狼就像人类父母一样,首先会保护孩子的安全。

小狼黑毛已经习得了狼的生存之道:和狗打架一定要跑,决不能扭在一起打,要边跑边打,边跑边突然袭击,发动袭击,再袭击,并且往崎岖不平的地方跑,这样乡下的马以及马背上的人才不可能追上他们。他还学会了无视追在后面想来分享战利品的土狼们,他抓不住他们,他们也不会对小狼造成伤害。他知道捕鸟是浪费时间,鸟儿们在地面上只是短暂停留;必须远离皮毛黑白相间、长着毛茸茸的尾巴的小动物,一来不好吃,二来,闻起来实在是太臭了。毒!哦,他从来没有忘记巢穴里所有的兄弟姐妹被毒死的那一天。他现在知道，攻击羊的第一招是分散他们；单只的羊很愚蠢，也很容易捕到；把牛围起来的目的是吓唬小牛。他还学会了，应该攻击牛的后面，羊的前面，马的中间，也就是马的两边，以及永远、永远不要去攻击人，甚至不能把自己直接暴露在人的面前。但还有一门非常重要的课程需要学习：他的母亲会有意教他识别隐蔽的危险。

五　陷阱的教训

对于狼来说，小牛死去两个星期后是最好的状态，味道堪称完美——不是太新鲜，也没有烂透——风把这个消息带到了远方。黄狼和黑毛出去找晚饭，尽管还不知道在哪里，当他们嗅到小牛的味道，便追着风中的味道一路小跑。小牛被放在一个空旷的地方，月光下也能看得很清楚。一只狗可能会直接跑到牛的尸体旁，一只狼在过去也可能会这样做，但不断的战争已经让黄狼学会时刻保持警惕，不信任其他任何东西，只信任自己的鼻子。她放慢了速度，由跑变为走。她看到眼前这么唾手可得的猎物后停了下来，抖着她的鼻子，抖了很久，仔细分析从风中获取的信息。她把鼻子里的味道甩了出去，重新获取最精准的气味，下面才是值得信赖的鼻子给她的信息，是的，绝对精准的信息：首先，丰富又鲜活的小牛气味占了百分之七十；草、虫子、木头、花、树、沙子，还有其他无趣的不相关的气味，占了百分之十五；她的幼崽和她自己的气味非常确定，但可以忽略，百分之十；人类足迹的气味，百分之二；烟的气味，百分之一；带着汗渍的皮革的气味，百分之一；人体的气味（在一些样品中不可辨），百分之零点五；剩下一丝微弱的铁的气味。

老狼蹲下一点点，但努力抖动鼻子嗅着，小狼也模仿着。她退后更远的距离，小狼站在那儿。她发出了低声的嚎叫，他不情愿地也跟着叫。她围着诱人的小牛转着圈圈，一个新的气味来了——土狼尾巴的味道，紧接着是土狼身体的气味。是的，他们顺着山脊偷偷地越靠越近，现在她转到另一边，对象变化了。风中似乎没有了小牛的味道，而是一些司空见惯、索然无味的气味。人类足迹的气味没有了，皮革的气味都消失了，但绝对有百分之零点五的铁的气味，人体的气味也提高到近百分之二。

她变得十分警惕，姿势僵硬，神色专注，鬃毛微微竖着，把恐惧传达给了她的幼崽。

她继续围着小牛转。在地势稍微高一些的地方，能闻到异常强烈的人体气味，然后，她往下走时气味又越来越淡。风吹过来的气味中，包含着小牛的气味以及土狼还有杂七杂八的鸟的气味。当她从风吹来的方向转着小圈靠近这诱人的食物时，疑虑慢慢消散。她甚至径直朝它走了两步，但这时，带汗渍的皮革的气味变重了，烟和铁的气味像是两条纱线混杂在一起，飘了过来。她集中精力，又朝前迈了两大步。地上是一块废弃的皮革，说明人曾来过这里。现在小牛就在脚边，而铁和烟的味道越来越大，就像跟在牛群后面的一条蛇。这种味道很淡，饥饿的小狼都有点焦躁了，从妈妈的腿下跑过，毫不迟疑地就想开吃。她咬住他的脖子，把他甩了回去。腿部击中的一块石头向前滚动，最后发出奇怪的碰撞声。危险气味又一次更加浓烈了，黄狼慢慢地从盛宴中向后退去，幼崽也不情愿地跟着。

他正若有所思的时候，看到一群土狼越走越近。土狼左顾右盼，主要是为了避开这两只狼。小狼看着土狼们谨慎地朝前走着。但是和狼妈妈的瞻前顾后相比，他们可以说是不顾一切向前冲。他们撕开小牛的肉，美妙的牛肉气味在空气中翻滚。这时，突然传来一声尖锐的叮当声，还有土狼的惨叫声。宁静的夜晚传来人类的呼喊声，火光闪烁。小牛和土狼们都被枪打开了花，土狼们如丧家狗一般四处逃窜，其中一只被打死了，另一只在捕狼者设置的陷阱中挣扎。这种可恨的气味在空气中散发着，并且越发浓烈。黄狼滑到一个洞里，带着她的幼崽逃跑了。在他们跑开时，他们瞥见一名男子匆匆在河岸不远的地方——母亲的鼻子曾警告她有过人体气味的地方——杀死了一只土狼，并继续设置更多的陷阱。

六　受骗的黄狼

生活的游戏很残酷，就算赢过一万次，但一着不慎，也是满盘皆输。黄狼无数次蔑视陷阱，也教会无数只小狼避开陷阱。所有的危险之中，陷阱，她了解得最清楚。

到了十月，小狼已经比母亲高得多。猎狼人见过他们一次——黄狼后面跟着一只小狼，腿又长又笨拙，脚掌很软，脖子很细，尾巴又短又小。根据足迹推断，老的那只狼失去了右脚前脚趾，年轻的那只狼身形巨大。

把小牛的尸体当作诱饵是猎狼人的主意，但他只猎到土狼，没捕到狼，有些失望。诱捕的季节开始了，这个月皮毛正是最好的。年轻的猎狼人经常在捕猎陷阱旁系着诱饵，有经验的则不会这么做。一个擅长设置陷阱的猎狼人会把诱饵放在一个地方，陷阱设置在另一个地方——在十英尺或二十英尺之外的狼有可能转圈经过的地方。猎狼人最喜欢的方案是，在一个开放的地方隐藏三四个陷阱，撒一些零散的肉在中间。陷阱埋在人们看不到的地方后，用烟来熏走手和铁的味道。有时也不使用诱饵，只是用一小块棉花或一簇羽毛吸引狼的眼球，或激起他们的好奇心，诱惑他们转圈，陷入灾难性的奸诈陷阱。一个善于设陷阱的猎狼人会灵活变化方法，让狼群捉摸不透。狼群唯一的保障就是保持高度警惕，不信任任何沾有人的气味的东西。

猎狼人带着一堆最精良的铁制陷阱，开始了他在杨树林的秋季猎狼工作。

老水牛循着足迹过河、爬山、下山。狼、狐狸、牛和鹿等动物都循着这些足迹往前。这些足迹是他们的交通要道。碎石旁的棉白杨树桩有狼来过的痕迹，猎狼人也会利用这些信息。那条交通要道上的牛太多了，离大道二十码远的一个沙土地带，则是设置陷阱的绝佳之地。猎狼人设置了四个约十二平方英尺大小的正方形陷阱，每个陷阱旁都撒上两三块肉，草中间再撒上三四片白色羽毛。人的痕迹被阳光和风沙稀释了。这样的沙地下隐藏的危险，人的肉眼是根本无法察觉的，也很少有动物能嗅得到。

这样的陷阱，黄狼无数次看到过，并无数次顺利逃脱过，也教会了她身形巨大的儿子如何逃脱。

酷热的一天，饲养的牛群来到水边。他们排队顺着前方水牛的足迹走着，小小的雀鸟在他们面前掠过，燕八哥在他们身上歇脚，草原犬对着他们吠叫，这一切都和之前水牛们循着足迹经过时的情况一样。

灰绿色的平顶山下是绿灰色的岩石，牛群神色严肃，仿佛在执行重要任务，直奔目的地。一些在队伍旁边打闹的牛犊此刻也变得严肃，快走到岸上时，他们紧紧地跟在自己的母亲身后。为首的老牛经过"设下的圈套"时嗅到可疑的气味，但这个气味是从很远的地方传来的，否则她肯定会停下来，朝着有陷阱的地方吼叫，提醒饲养者排除陷阱的危险，保证不会对他们造成伤害。

她带领牛群到了河边。所有的牛都喝饱水之后，他们就在最近的河岸歇息，直到下午晚些时候，进食的铃声响了，音量小得几乎听不见，不过还是吸引着他们又开始往回走，走向青草最茂盛的牧场享用晚餐。

一两只小鸟啄着肉屑，一些苍蝇嗡嗡嗡围着打转，太阳快要落山了,设了陷阱的沙地还是老样子。

夕阳开始染红天空,一只褐色的沼泽鹰掠过河流,猛扑向灌木丛的黑鸟群,动作比较笨拙,所以轻而易举地被黑鸟避开了。老鼠们都还没出洞。当他飞掠过地面,突然,他敏锐的眼光注意到陷阱中的羽毛,于是径直飞了过去。轻飘飘的羽毛让他没有太多兴趣,但当他越飞越近时,他看到那些肉。沼泽鹰还不太世故,所以开始降落,准备捕食一块肉,突然——哐当——脚趾就被陷阱夹住了。尘土四起,沼泽鹰的脚被夹住了。他在这个强有力的狼陷阱里挣扎,但完全是徒劳。他还没怎么受伤。他的翅膀仍然强劲,一直扑打着想获得自由,但无能为力,就像一只落入大鼠陷阱的麻雀。当太阳放出最后的金光,他唱出将死之歌。影子落在一只困在大象夹里的老鼠身上,很富有戏剧性。这时,草原上响起一道深邃悠长的声音,另一道声音呼应着,两道声音都没有拖很长,也没有重复(两道声音都是出于本能发出的,而非出于必要)。其中一声是普通的狼在召集同伴,另一声来自非常强大的雄性,他们不是夫妻,而是母子——黄狼和黑毛。他们一路小跑,来到了水牛大道,在山坡上的电话亭那里停住了,在杨树根那里又停了下来,然后径直朝河边的陷阱跑去。这时沼泽鹰扑腾着翅膀，老狼转向他——她看到地上有一只受伤的鸟儿，于是冲上前去。阳光和沙地在短时间内就消除了所有的气味线索，她没有对任何东西感到警觉。她朝这只扑腾的鸟冲了过去，享受着这只美味的鹰，也终于结束了他的痛苦。但是另一个可怕的声音——她的牙齿咬到钢铁的声音——告诉她情况不妙。她丢下了鹰，从这危险的地面向后跳，却落在第二个陷阱里。夹子死死地夹着她的腿。她用尽全力想要跳起逃生，但前爪又落入了另一个隐藏的铁制陷阱里。她从未遇见过如此迷惑狼、折磨狼的陷阱。她也从没有像今天这样轻信过，从没有像今天这样被死死地困住过。老狼的心里充满恐惧和愤怒，她拉着扯着，咬着链条，咆哮着，嘴里吐着泡沫。如果陷阱只有一个，她或许可以逃生，但现在遇到两个，她就无能为力了。她挣扎着，但结果只是让那些无情的铁爪更深地夹住她的脚。她疯狂乱咬着，把那只死鹰撕碎了。她急促地吼叫着，像一只疯狼一样乱叫。她咬陷阱，咬她的幼崽，咬自己。狂乱之中，她扯断被束缚的腿，咬着自己的肚子，咬掉自己的尾巴，在铁制的东西上乱咬一通，牙齿被撞得到处都是，伤口还有起泡的前爪上全是土和沙子。

她挣扎着，直到翻腾累了，彻底倒下，躺在那里像死了一样。

她歇了一会儿,有力气了,又站起来用牙齿咬链条。

夜晚就这样过去了。

黑毛呢?他在哪里?儿时有一次他的养母回家时中了毒,当时的恐惧又回来了,但是现在的场景让他觉得更加可怕。母亲似乎充满了战斗的愤怒。他往后退了一步,呜呜叫着。他溜走了,回来时,她静静地躺在那里。但是没过一会儿,母狼大发雷霆,朝他扑去,他只能再次撤退。母狼再次拼尽全力想要挣脱陷阱。他不明白发生了什么,但他也知道,老狼陷入了可怕的麻烦,似乎和那天晚上他们想靠近小牛却不敢靠近的原因一样。

黑毛瞎逛了一整夜,不敢去附近,也不知道做什么,和他的母亲一样无助。

第二天天亮时,一个牧羊人寻找迷失的羊时,从附近的山上看到了她。他立即从他的营地给猎狼人发出信号。黑毛明白新的危险来了。他只不过是一只小狼,虽然身形高大,但也不能和人正面对抗,于是他逃走了。

猎狼人赶到陷阱旁,母狼很可怜,浑身是伤口,流着血。他举起步枪,母狼很快停止了挣扎。

猎狼人仔细查看了周围的线索,想起他之前看到过的景象,他猜测,这就是那只圣体诺大山母狼以及她那只巨大的狼崽。

黑毛慌忙从陷阱旁跑开时，听到"嘣"一声枪响。他不知道那是什么意思。此后，他再也没有看到过善良的老养母，因此，他必须独自面对世界。

七　年轻的狼赢得领地，名声大噪

狼的行动靠的是直觉指引，但如果父母很厉害，耳濡目染也会学得更多。黑毛的母亲异常优秀，他也学到了母亲的聪明，训练出了灵敏的鼻子，为他提供可靠的警示信息。人类根本无法想象狼的嗅觉是多么强大。灰狼可以像人浏览早报一样，"浏览"早晨的风，并从中获得所有的最新消息；在地面上抖抖鼻子，就能获得几个小时内在此处经过的所有生物的信息，甚至包括这些生物是怎么来的，从哪里来的，往哪里去了等所有的信息。

这种力量在黑毛身上达到了巅峰。他那宽大、湿润的鼻子能为他获取丰富的信息，他的体格高大壮硕，耐力持久；另外，他有防范心，面对陌生事物怀疑谨慎，这比其他所有聪明的天赋更有用。就是凭着所有这些优势，他获得了成功。在狼的世界里，强者为王。黑毛和他的母亲曾被赶出圣体诺大山。但那是一片富饶的土地，他隔三岔五地又会再回来。一只大狼，有时候是两只，会在他回来时愤怒地将他赶走。每次回来，他都会变得比上一次更强。在快十八个月大时，他击败了所有的对手，成为狼群首领。他重新把家安顿在这里，从物产富饶的大山中获取食物，在陡峭的岩石上面如履平川。

猎狼人金·瑞德经常在那片土地上猎狼。过了不久，他看到了一个五点五英寸长的爪印，这是一只巨大的狼的爪印。按一英寸爪印对应六英寸身高、二十到二十五英镑之间的体重来粗略估计，这只狼从地面到肩膀的高度应该是三十三英寸，体重在一百四十磅左右，是他目前为止见过的最大的狼。金曾住在羊村，所以他用形容羊的语言感叹道："没错，这可真是个老比利[①]啊！"这个非常偶然的感叹逐渐流传开来，人们现在都叫黑毛"巴德兰·比利"，意思是巴德兰山的那只叫比利的狼。

金·瑞德对狼召集同伴的声音很熟悉——平稳拖长的叫声。比利的叫声很特别，声音浑浊，很容易辨别出来。瑞德以前在杨树林听过，后来，当他亲眼看到了黑狼，才想起来，这就是那只黄狼的幼崽。

---

① 英语中常用一些常见的男女人名来表示动物的雌雄，这些人名成了指代这些动物的约定俗成的名称，如：Billy goat（公山羊），Nanny goat（母山羊），Tom cat（公猫）。金·瑞德曾在羊村居住过，所以看到这么大的动物（狼）就习惯性感叹"真是个老 Billy goat（公山羊）"。

这些事情也是他坐在篝火旁告诉我的。我知道，早些日子，设陷阱或者投毒来捕狼很容易，但现在不一样了，狼也在与时俱进，不断学习，变得更狡猾，捕狼者的很多方法都不管用了。狼的数量也在逐渐增加。金给我讲述了彭努夫利用不同种类的猎狗来捕猎的诸多经历，也把经验传授给了我：猎狐犬，太单薄，打架总是输；灰狗呢，猎物跑出他的视野，就无能为力了；丹麦犬呢，体重太大，跑这些崎岖不平的乡路有点困难。他还讲了应该怎么综合利用不同类型的狗进行组合战斗，有时，牛头梗能带领所有的狗赢得战斗最后的胜利。

他告诉我，通常针对土狼的捕杀都很成功，因为土狼喜欢在平地上活动，很容易被灰狗抓到。他也讲述了用猎狗群捕杀小灰狼的事，不过通常领头狗会牺牲。不过，他讲得最多的还是那只勇猛的"圣体诺大山上老黑狼"的精彩故事，他们很多次尝试追赶他或者把他逼到角落，结果却是一次又一次的失败。这只大狼的耐力真是让人气急败坏，彭努夫调教的许多狗都拿他没办法。每年他还教出越来越多聪明狡猾的狼，逃脱人类和猎狗的追捕。

我听着这些故事，就像淘金的人听到那些金子宝藏的故事一样，对于我的世界来说它们就是最值得学习的，我们都应该铭刻于心,彭努夫的猎狗此刻也都趴在我们的篝火周围。我们出来的目的都是捕获"巴德兰·比利"。

八　夜晚的嚎叫与白天的踪迹

九月末的一个晚上,夕阳收起最后一道光束时,土狼又开始集体吠叫,此外,还传来一种低沉又洪亮的叫声。金拿起他的烟斗说:"就是他——老比利,他已经在高处观察我们一天了,现在到了夜晚,枪没用了,他要和我们玩一玩了。"

两三只狗毛发竖立,起身出去,因为他们也意识到这种叫声不是土狼发出的。他们冲进夜色,没走多远,闹哄哄的声音突然变成了狂吠,然后他们又跑进来躲着。有一只狗的肩膀受伤了,以后再也不能打猎了。另一只的侧面受伤了——看起来伤得不重,但是第二天早上却一命呜呼,猎狼人把他埋了。

人们都很愤怒,发誓要尽快报仇,天一亮他们就循着踪迹追去。土狼在黎明时吠叫,白天却消失在山里。猎狼人四处搜寻着大狼的爪印,希望猎狗们能循着他的踪迹找到他,但是猎狗们找不到,也可能是不愿意找到他。

他们发现了一只土狼,追了不过几百码就把他杀死了。我想,这也算是胜利吧，因为土狼也是牛羊的敌人，不过我开始有了这样的想法："全能的猎狗们能捕杀土狼，却拿大狼没办法。"

年轻的彭努夫似乎在回答一个没有说出来的问题："伙计们，我想昨晚肯定是老比利召集了一群狼一起干的。"

"你没看见这儿只有一种爪印吗？"金·瑞德没好气地说。

就这样，十月过去了。我们整天辛苦地追寻着所有可疑的爪印，猎狗跟在后面，不愿意跟着爪印走，也有可能是害怕而不敢走。我们不断接到消息，狼又造成了伤害，有时是牛仔告诉我们的，有时是我们自己发现了尸体。我们在一些尸体上下了毒，虽然这种做法对狗也有危险。月底，天气阴晴不定、变化多端，大家都没什么士气，马儿也都累坏了，蹄底溃烂，数量也从十只减少到七只。到现在为止，我们只杀掉了一只灰狼和三只土狼，而巴德兰山比利狼杀死了至少十多只奶牛，还有数只单价五十多美元的猎狗。有些年轻猎狼人决定放弃，回老家去了。金·瑞德正好让他们带信回家，请求支援，将牧场所有闲置的狗都带来。

在这两天的等待中，我们让马儿休息，偶尔打打猎，准备一场更加激烈的捕猎。第二天晚上，新猎狗到了——八只健美的猎狗——猎狗的数量一下子增加到了十五只。

天气也越来越寒冷,早上,让猎狼人高兴的是,地上白茫茫一片都是雪,瑞雪预示着成功,我们有了更多的有利条件:气温更低了,马儿和狗们跑得更欢;大狼就在附近,因为头天晚上我们听到了他的叫声;循着雪上的爪印,我们更不容易失去方向——这次他肯定逃不掉了。

我们在黎明时开始上山,还没有走远,三个人从营地骑马过来。彭努夫也回来了。天气的改变也让他们改变了主意,他们知道,大雪会带来好运。

我们所有人在爬山时,金说:"现在记住,我们跑这趟,唯一的目的就是抓住巴德兰山比利狼,把他抓住,我们今年的任务就算完成了。他的爪印长度是五点五英寸!"听了这话,大家都丈量了下五点五英寸的长度,有的用马鞭把手,有的用手套,这样在发现爪印时才心里有数。

一个多小时过去了,我们收到了朝西边搜寻的人发出的信号。一声枪响意味着"提高警惕"。停顿一下,数十声,然后是两声枪响,意思是"快来"。

金召集了所有的狗,直奔山上遥远的目标。所有人的心脏都开始剧烈跳动,充满了希望。果然没有让我们失望。我们先是发现了一些小狼的爪印,最后发现了那只大狼的爪印,几乎有六英寸长。年轻的彭努夫高兴得想要大叫。我们全速前进,继续追捕,就像是在猎捕一只狮子,就像是去找寻很久都没有发现的幸福。没有什么比一条直接明了的爪印路线更让猎狼人高兴了,因为这条爪印能引导他们找到某只厉害的动物。金看到这条路线时两眼放光,高兴极了。

九 最后跑下山了

这次骑马行进最为艰难。路程之远,远超预期。爪印只是大狼昨晚行踪的一部分记录,还有不少其他的小状况。在这里,他围着电话亭转,寻找着信息;在那里,他停下来检查一个古老的头骨;在这里,他小心翼翼地躲避着,在风中抖着鼻子检查一个破旧的锡罐;在那里,他终于登上一座小山,坐了下来,可能发出了那种召集的嚎叫,因为有两只狼从不同的方向朝他奔来,然后他们一起往下走,来到了牛群通常歇息避雨的河滩;在这里,三只狼都检查了一个水牛头骨;在那里,他们排成了一条线小跑;在那里,他们朝三个不同的方向跑开了,然后在这里碰头——是的——在这里碰头了,一头母牛倒在这里,被撕开,景象真是惨烈,他们却没有吃,似乎不合他们的胃口。一公里以内,另一头牛也被杀死了。不到六个小时前,他们曾饱餐一顿。到这里他们的爪印又分散了,但是不远处,雪里的痕迹很清楚地说明,每只狼都躺下睡觉了。猎狗在这里嗅到气味时,鬃毛都竖立起来了。这会儿他们的状态异常兴奋,于是金把狗都牵在了手里。我们来到一座山上,在这里,从爪印可以看出,狼群转身看往我们来的方向,然后全速逃离。很明显,他们在不远处的那座山上看到了我们。

几只狼仍然在一起。灰狗的速度最快,但是由于没有看到猎物,没有全速冲刺,只是追着其他狗或者其他马跑着。我们以最快的速度前进,因为狼群也在飞速向前。环境非常恶劣,我们仍然爬上爬下,紧紧地跟在狗的后面。冲沟一个接一个,一个小时又一小时过去了,三只狼依旧在一起,留下了三道爪印,又一个小时过去了,情况还是没有转机,我们仍然不停地爬上爬下,挣扎着穿过丛林,翻过巨石,跟着远处汪汪叫着的狗,飞速向前。

现在我们已经追到了河谷,那里地势较低,几乎没有什么雪。我们骑着马,在山上跳跃,向上攀爬,不顾一切地跳过危险的冲沟和湿滑的岩石,我们都觉得,这样下去不行,我们坚持不了太久。狼的爪印在最低最干燥的地方分散了,有的往上冲,有的往下跑,有的直接往前走着。金立刻明白了这意味着什么：狼群散开了，所以狗群也必须分开行动。他忍不住破口大骂。将狗群分开，两只狗肯定会被杀死，三只狗追一只狼肯定不行，四只狗也杀不了狼。但是，狼群分开也不完全是坏事，这说明：狼群被逼得很紧，处境困难。我们冲到前面让狗停了下来，想找到一条唯一的线索来让狗集中注意力追查。不过，这可不是那么容易。这里已经没有雪了，而且到处都是狗的爪印，我们也难住了。我们只能让狗安静下来，选择一条踪迹，然后像之前那样快速追赶，祈祷着选中的是大黑狼的踪迹，但心里也没底，担心追错了。猎狗跑得非常快。金说，这不太好，因为猎狗跑在我们前面，把狼的踪迹都踩乱了。

追了两英里后，终于看见了狼，但让我们很闹心的是，我们追上的是最小的一只。

"我就知道是这样，"年轻的彭努夫咆哮着，"狗肯定会去追一个他们认为能够战胜的对象，真是令人惊奇啊，他们居然没有去追公兔子。"

在一英里以内的柳树丛内，这只小狼已经走投无路了。我们听到了他那种拖长的寻求帮助的深嚎，我们还没到达那个地方时，金看到狗群分散开了,畏缩着不敢向前。一分钟后,远边的灌木丛跑来了一只小灰狼和一只体型大得多的黑狼。

"天哪,他喊了救命,比利狼跑来帮他,这太好了!"猎狼人惊呼。这只勇敢的老狼没有丢下他的朋友自己逃命,我的心里对这只勇敢的老狼充满了佩服之情,无法平静。

接下来的一个小时,又是和刚才一样,艰难地在沟壑上骑行,但又是在有雪的高原上,狼群再次分开,这时,我们神经紧绷,利用所有的力量,成功让狗群跟随着那个"五点五英寸"的爪印,我已经开始对这只大爪子着迷了。

显然,狗更喜欢追逐比利狼之外的另外两只狼,但我们最后还是想办法让他们跟随比利狼的爪印奔跑起来。又经过半小时的辛苦努力,我爬到广阔的平原时,第一次在不远处看到圣体诺大山上的大黑狼。

"好哇!巴德兰山的比利狼!太好了!巴德兰山的比利狼!"我充满敬意地喊着,其他人也跟着我喊。

最后,多亏他的爪印,我们又跟上了他。所有猎狗都开始大声狂吠,灰狗也尖叫起来,并直接向前奔去,马儿们闻了闻,识别出比利狼的味道之后勇敢地跳了起来。唯一沉默的是这匹黑鬃狼。

当我真正看到了他的身材和力量,最重要的是,他那又长又大的脚爪,我无比惊叹,也明白了狗更愿意追逐其他线索的原因。

他在积雪上跳跃时,头和尾巴都低垂着。他的舌头懒洋洋地、长长地伸在外面:很明显,他被逼得很紧。虽然他还在三百码以外,但猎狼人们都已迅速端起左轮手枪——他们都是出来做生死决战的,可不是出来锻炼身体。但很快,他就在最近的峡谷里找到了藏身之所,消失在人们的视野里。

现在他会去哪个方向,峡谷的上面还是下面?向上就是他的地盘,向下有更好的掩护。金和我都想,"他是往上走了",所以我们继续向西,沿着山脊追。其他人则向东骑,伺机射杀他。

不久,我们就把狼跟丢了。我们都错了,狼朝山下走去了,但我们没有听到枪击的声音。在这儿可以穿过峡谷,我们到达了另一侧,然后飞快地往回走,搜寻着雪上的痕迹,山上移动的身影,或者风中有东西活动的声音。

"吱吱",马鞍发出声音,"噗噗",马儿发出声音,还有马蹄声"得儿——哒,得儿——哒"。

十　比利又回到了他的山里

我们到达了狼纵身跳下的地方的对面，但没有看到任何爪印。我们骑上马，疾驰飞奔继续向东，跑了一英里，这时，金气喘吁吁地大喊："看那儿！"一个黑点在雪地上向前移动着。我们加快了速度。另一个黑点也出现了，还有另一个，但他们都跑得不快。五分钟后，我们接近了他们，却发现，这三个黑点竟然是我们自己的三条灰狗。他们的目标已经跟丢了，所以提不起兴致，也在寻找大部队。我们什么也没看见——既没有我们追逐的狼，也没有其他猎人。我们加速跑到另一道山脊时，跌跌撞撞终于发现了我们要寻找的踪迹，虽然能看到那三匹狼去了哪里，追起来却很艰难。路上又出现了一个峡谷，我们继续骑着马，寻找着可以跨过去的地方，一堆狗的狂吠声在山谷中回荡。喧嚣声越来越大，我们最终都跨过了峡谷。

我们沿着边缘跑着，希望能看到追捕的狼。猎狗在较远的地方，不是成群出现，更像是稀稀落落的一条长线。五分钟后，更多的狗爬上边缘来了，在他们前面的是大黑狼。他就像之前一样，低头垂尾，纵身跳跃。他的四肢展现出强大的力量，下巴和颈部显得更为强劲，但我想他快到达极限了，因为他已经没有在弹跳了。猎狗们慢慢爬上高处,看见他之后,他们突然发出一阵微弱的犬吠:他们也都筋疲力尽了。灰狗看到了追捕的狼,离开了我们,跑下峡谷,飞快地跑到另外一面,这种速度肯定会让他们累垮的,我们骑在马上,想着各种跳跃过去的方式,却始终没有成功。

　　猎狗们在前面飞快跑着,猎狼人骑着马却在后面举步维艰,一边破口大骂,一边继续想办法往前追。峡谷开始变窄——路变得更加陡峭,骑马前行更加艰难。当我们接近大山里宽阔平坦的地方时,猎狗群从南面发出微弱的嚎叫,然后又跑向了高山的另一边,显得稍微大声了一点儿。我们在一座小丘上勒紧缰绳,检查着雪中的痕迹。一个移动的斑点出现了,还有其他的一些,聚在一起,不太整齐,但也是稀稀落落在一条线上,远处不时传来微弱的吠叫声。是他们,他们在我们前面,来吧,是他们!他们继续走着,但是速度已经放慢了,都不是在跑了。这只杀了无数头牛的屠夫,一瘸一拐但坚定地在地上行走着,远远跟着的是一条灰狗,更远的地方是另一些灰狗,其他的猎狗也跟着队伍保持着速度,勇敢地拖着疲倦的身体往前赶路。他们已经进行了许多个小时的最艰难的追赶,终于有了成效。大狼没能甩掉我们。现在他的死期到了,因为他也筋疲力尽了,猎狗群还残留着点力气。

在我们前方，猎狗群绕过山脚，缓慢前进着。

我们不能跨过去跑到他们中间，所以我们都屏住了呼吸，满怀期待，盯着看。他们现在更近了，风将猎狗的味道带了过去。大狼转向了一个陡峭岩壁，往上跑着，似乎他很熟悉这条路，因为一点儿都没打滑，走得很稳。我们看到他东张西望，拖着身体在斜坡上走着，他很快就会死在这座山上。我的心也被他牵动着，一时对他产生了怜悯，因为他曾经赶回来救他的朋友。他已经无处可逃了，困在十五只狗中间，后面还有人的指挥。他已经不是在往前"走"了，只是在跟跟跄跄地移动；追在后面的一长串猎狗，这会儿精神好起来了，慢慢逼近了狼。我们可以听到他们的喘息声；队伍继续向上，围绕着圣体诺大山的山坡行进着，爬上了一个岩脊，路非常窄了，岩石下方是中空的。领头的那只狗往前走着，根本不害怕这个筋疲力尽的敌人。

现在到了最窄的地方，走错一步，就意味着死亡，大狼转身面对他们。前腿撑着，头放低，尾巴抬起，黑色的鬃毛竖着，闪闪发光的獠牙露了出来。但他没有发出声音，我们根本听不到任何声音。他面对着我们整个队伍。他的腿由于劳累已经很虚弱了，但他的脖子、他的下巴、他的心脏仍然那么强健，现在——所有喜欢狗的朋友，最好把书合上了——战斗开始了，十五比一，所有的狗都上了，最快的狗冲在前面，太快了，战况如何眼睛根本看不清，就像泼了一盆水到石头上，水滴四处飞溅。现在群狗列成纵队跑到路上，黑毛则来一个斗一个，跳开、弓箭步、回击、撕咬，狗没站稳就倒下了，大势已去。两只猎狗一起冲了上去，想要夹击这只狼；刚冲过去，就被甩回来，丢在了狭窄的路上。猎狗蓝点冲上去了，威猛的奥斯卡还有无所畏惧的提各，也一起冲了上去——但是狼紧贴岩石，一瞬间，战斗就结束了，大狗们不见了，只有大狼还在那里；剩下的狗都冲上去了，最重要的后备力量也走上了死亡之路。削、砍、甩，最敏捷的，最大个的，统统都被他从岩脊那边甩到了峡谷深处，丢到了锋利的岩石上，扔到了树枝上。

他等了一会儿，等着更多的狗上前应战。没有狗了，全被他杀死了。他喘了一口气，然后在这个致命的场景中，他第一次提高了声音，疲倦地发出了一声长长的嚎叫，宣告胜利，然后就跳往下面的河岸，在圣体诺大山的峡谷中消失了。

我们看得目瞪口呆，都忘了手中的枪。这一切来得太快，也结束得太快了。直到大狼消失，我们都还没回过神来。我们所在的位置离战场不远，于是赶紧走过去看看是否还有活口。没有一只活着。我们无能为力——也无话可说。

十一　夕阳下的嚎叫

一个星期后，金和我骑着马，沿着山后面的路骑行。"牧场主都烦死了，"他说，"如果可以的话，他都想把牧场卖了，他不知道接下来该怎么办。"

太阳在圣体诺大山的远处落下了。我们往迪蒙家赶，到达一个拐弯处时，我们听到了从山下的河滩那边传来低沉的嚎叫，紧接着是一阵高亢的嚎叫声响应。我们什么也看不见，但我们听得很清楚。这种叫声重复着，这是狼群外出狩猎的合唱。声音慢慢消退了，夜晚又有了其他的一些声响，尖锐的叫声，短促的叫声，表示"已接近目标"；然后又是一阵急促而痛苦的怒吼声，但突然就停止了。

金摸了摸马，冷冷地说："就是他，他又和其他狼一起出来了，又有一头牛遭殃了。"

狯狌与男孩的故事

一　男孩

他只有十五岁，喜欢运动，反应灵敏。一群野鸽子从凯吉纳尔湖碧蓝的湖水上方掠过，在湖边的枯树枝上栖息，整整齐齐站成一排，很是显眼，也很诱人。男孩打鸽子几个小时，都没有收获。鸽群似乎知晓老式猎枪的准确射程，每当他靠近鸽群准备开枪时，它们就扑腾着翅膀飞远了。最后，几只野鸽飞到木屋旁今年春天新长出来的低矮树丛里，他轻轻靠近，对着一只离他最近的野鸽，瞄准，开火。几乎是同一时间，传来"砰"的一声枪响，野鸽被射中，掉落下来。索伯恩急忙跑过去，收获自己的战利品，不料，一个高个子年轻人走了过来，抢先一步把鸽子捡起来了。

"嗨，科尼！那只是我打下来的！"

"乱说！你的那只往那边飞了。我看到这里有一群野鸽，拿枪肯定能射中一只。"

他俩仔细翻看这只野鸽，发现它身上有两个弹孔，看来是两人同时打中了。他俩都觉得这事儿很有趣，但细想又有点可惜，因为在这穷乡僻壤，子弹和食物一样珍贵，两颗子弹打一只野鸽，实在太浪费了。

科尼·科尔特一米八的大高个，是个典型的成年爱尔兰裔加拿大人。此刻，他走向那间木屋，那里虽然物资匮乏，生活穷困，却充满了欢声笑语。科尔特一家人虽然生长于加拿大的边远地区，却保留着爱尔兰民族血液中流淌的热情和智慧。

科尼是这个大家庭里的长子。他的父母住在木屋以南约四十英里的彼得塞。科尼"宣称"要自立门户：在佛那波克的树林中建造自己的家园。科尼的两个姐姐帮着他料理家务。大姐叫玛盖特，踏实可靠；二姐叫露露，聪明风趣。索伯恩·阿尔德是他们的客人。索伯恩才得了一场重病，康复后，他的家人把他送到这里，希望他能在林间养好身体，少生病。科尼的木屋是用原木搭建的，没有铺地板，屋顶盖着一层草皮，长满了杂草。木屋将树林分成两半，一半是原始的树林，林间一条崎岖的小路一直往南走，能到达彼得塞；另一半是凯吉纳尔湖，湖面波光粼粼，湖水不时涌上湖畔的卵石滩，隐约可见湖对岸的一户人家，直线距离四英里，这是科尼家最近的邻居了。

木屋的生活日复一日，没什么新鲜的。科尼每天都是天刚亮就起床生火，叫姐姐们起床。姐姐们准备早餐，他喂马。六点，大家吃过早餐后，科尼开始劳作。枯树的影子投到了水面，大姐就知道这是中午了，该挑水回家，准备午餐了。这时，二姐会在一根杆子上挂上白布条，科尼看到后，就会放下手头的农活回家。他皮肤黝黑，面色红润，一身的泥土污渍，充满了辛勤劳作后的阳刚之美。索伯恩有时整天都看不见人影，晚上才从湖边或远山赶回来吃饭。一家人的三餐基本都是猪肉、面包、土豆和茶，偶尔有鸡蛋——自家木屋边鸡棚里那十几只母鸡下的。索伯恩不太会打猎，科尼大部分时间都在田间劳作，因此，餐桌上很少有野味。

二　猞猁

林中一棵巨大的椴树已经枯死，树干足有约一点二米粗。死神还算慷慨，在到来之前曾发出过三条警告：第一，它的树龄最老；第二，由它生发出来的椴树都已长成大树；第三，它的树干已经中空。寒冬带走它的最后一丝气息，老椴树倒下了，露出了一个巨大的树洞，就在它的正中心。天气好的时候，明媚的阳光会照进树洞里，一只猞猁准妈妈发现了这里，可真是一个完美的地方，于是她在此安家待产。

这只猞猁妈妈看上去苍老憔悴,因为今年的冬天最难熬。秋天的兔瘟导致兔子数量锐减,断了猞猁的主要食物来源;大雪飘零,水面结冰,鹧鸪也几乎绝迹;开春了,又赶上连绵不断的阴雨天,池塘和小溪也被灌满了,仅存的一群小鹧鸪也夭折了,鱼儿和青蛙躲在水底,猞猁爪子虽然锋利,但根本够不到。这只猞猁妈妈也和她的同类一样,饥肠辘辘。

小猞猁们的诞生让艰难的生活雪上加霜。猞猁宝宝们也饿着肚子,妈妈要照顾孩子们,缩减了外出觅食的时间,这样一来,食物就更少了。

猞猁妈妈最爱的食物是北方野兔,年份好的时候,她一天能捉到五十只,但今年春天却一只也没有捉到。秋天的那场兔瘟威力实在是太大了。

有一次,她在树洞里捉到一只迷路的红松鼠。还有一次,她一整天只捉到一条恶臭的黑蛇。要是不走运,什么都没捉到,嗷嗷待哺的小猞猁们又得可怜巴巴地哭闹了。一天,她在觅食的时候发现了一个又大又黑的东西——一头豪猪,那豪猪身上的气味令人作呕,她好像在哪里闻到过。她以迅雷不及掩耳的速度发起突袭，纵身扑去，不料却撞在了豪猪的鼻子上。豪猪随即低下头，扬起尾巴发起反击。结果猞猁妈妈身上被扎了十几根豪猪的硬刺，只能忍痛用牙齿把这些标枪般的硬刺一根一根拔出来。其实，猞猁妈妈早在多年前就领教过豪猪的厉害，要不是饥不择食，不到万不得已，她是不会这样铤而走险去攻击豪猪的。

在突袭豪猪受挫后，猞猁妈妈那天唯一的猎物是一只青蛙。第二天，为了找到更多的猎物，她长途跋涉了很久。当她走到离家很远的一片森林时，听到一声嘹亮的呼喊声，她以前从未听到过这种声音。迎着风，她小心翼翼地靠近，嗅到许多从未嗅到过的气味，听到越来越多愈加奇怪的声响。当猞猁妈妈走到森林中的一处空地时，那嘹亮清脆的呼喊声又此起彼伏地传来了。在空地的中央有两个巨大的麝鼠窝，也可能是河狸窝，比她之前见过的最大的还要大上许多。这两个窝有部分是用原木搭建的，都建在干燥的土坡上。窝的周围还有许多外形类似鹧鸪的鸟，但体型要大得多，色彩也更加鲜艳，有红的、黄的，还有白的。

猞猁妈妈喜出望外，兴奋得禁不住颤抖起来。食物！食物！满眼都是食物。这位久经猎场的女猎手压低身体，前胸几乎贴到地面，肘部抬起，高过脊背，小心翼翼地匍匐靠近，她从未这么小心谨慎过。她必须不惜一切代价捉到一只"鹧鸪",不能有一点儿差错。就算要花几个小时,甚至一整天,她都必须取得胜利,绝不能打草惊蛇,眼睁睁地看着近在眼前的食物飞走。

就这样,几步远的距离,猞猁妈妈匍匐着走了足足一个小时。从树墩到草丛,从木堆到草垛,在这些天然屏障的帮助下,她稳稳地潜行,"鹧鸪"们没有发现她,仍在到处捡食地上的东西。那群"鹧鸪"里最大的那只突然大声叫了起来。

难道他们发现猞猁妈妈了?过了一会儿,发现其他"鹧鸪"都没什么反应,猞猁妈妈那颗悬着的心终于放下了。此刻,猞猁妈妈已经靠得足够近了,她激动得全身发抖,满脑子都是自己那窝嗷嗷待哺的幼崽。她盯上了一只白"鹧鸪"。论距离,他不是最近的一只,但他的颜色吸引了她的注意。"麝鼠窝"附近的空地周围长着高高的杂草,树墩散得到处都是。那只白鸟在杂草丛中漫步,叫声嘹亮的红"鹧鸪"则飞上了土墩顶,扯着嗓门高歌起来。猞猁妈妈把身体贴得离地面更近了。红"鹧鸪"是在给那只白"鹧鸪"发出警示吗?应该不是,因为那只白"鹧鸪"还在原地。透过杂草,她可以看到白"鹧鸪"的羽毛在阳光下发着光。猞猁妈妈继续前进,为了不被发现,她躲在空地上一根细木头后面，像纸片一样紧贴地面，缓慢而悄无声息地匍匐前进着。要是她能爬到那丛灌木那里，就能掩人耳目地爬到杂草丛，然后距离就足够近，能扑倒那只白"鹧鸪"了。她现在已经能闻到"鹧鸪"的气味，活物的味道是那么鲜美，惹得她兴奋不已，浑身紧绷，双眼放光。

那群"鹧鸪"照旧拨弄着杂草觅食。又有一只飞上了土墩顶，但那只白"鹧鸪"还留在原地。猞猁妈妈悄无声息地又往前溜爬了五步，移动到了杂草丛的后面，透过杂草丛，可以看见白"鹧鸪"那闪闪发光的白色羽毛。猞猁妈妈估算了下距离，探了探起跳的位置，又用后腿拨开了落在地上的灌木枝。一切准备就绪，她使出全身力气，猛地扑了过去。那只白鸟还没反应过来，就变成猞猁的食物了。这迅猛而致命的一击瞬间收场，其他"鹧鸪"还没察觉到有任何异常，猞猁妈妈就已经死死咬住在嘴里扑腾的战利品，跑走消失了。

猞猁妈妈步子轻快地踏上了回家的路，无比兴奋，情不自禁地发出欢庆的低吼。她叼在嘴里的温热猎物已经完全没有了呼吸。这时，前头传来一阵沉重的脚步声。猞猁妈妈立刻警觉地跳上一截原木，将猎物放在一只爪子下面，紧紧踩住，再仔细观察情况。

脚步声越来越近，灌木丛被踩倒了，一个男孩出现在了她面前。猞猁妈妈知道男孩是人类，在她看来，人类没有一个好东西。她曾经在深夜跟踪观察过他们，也曾被他们捕猎和伤害过。男孩也吃了一惊，呆立在那里。这时，猞猁妈妈咆哮一声，怒吼以示警告和挑战，也表示她无所畏惧，然后快速叼起脚下的猎物，跳下原木，瞬间消失在灌木丛深处。离家还有两三公里，猞猁妈妈忍着饥饿，在灌木丛中一直奔跑，直到阳光洒下，终于到了老椴树中的家里，才和孩子们一起享用这丰盛的大餐。

三　猞猁之家

索伯恩在城里长大，刚到这里时，不敢一个人去树林，必须听着科尼的斧头声才有安全感，不敢走远。渐渐地，他的胆子越来越大，走得也越来越远了。在树林里很容易迷路，只观察树上的苔藓来分辨方向不可靠，他学会了把太阳、指南针和地貌特征综合起来辨别方向。他常去树林里，为的是了解各种野生动物，而不是猎杀它们；但热爱大自然的人大多数也热爱冒险，因此他也随身携带猎枪。木屋旁的空地上除了有只大土拨鼠，什么动物也没有。这只土拨鼠在距木屋几百米外的树墩下挖了个洞。阳光明媚的时候，它就会待在树墩上晒太阳，虽然此刻很慵懒和舒服，但它丝毫不会放松警惕——在树林里，享受一切美好的同时都必须保持警惕。这只土拨鼠非常机警，索伯恩曾试图用猎枪或是设陷阱抓住它，都没有成功。

一天清晨，科尼自言自语道："唉，好久没吃肉了。"边说边拿起他那把老式小口径步枪，熟练地上了膛——那上膛的架势俨然是一个专业猎手。然后他稳稳地把步枪架在门框上，开了一枪。远处的土拨鼠应声倒地，一动不动了。索伯恩立刻奔了过去，不一会儿就拎着土拨鼠跑了回来，满脸兴奋地大喊着："正好打中脑袋。离了差不多一百一十米远，都给我打中了，真是太神了！"

科尼忍着没有咧嘴大笑，但那股兴奋劲儿还是从他眼神中流露了出来。

这次猎杀的一个好处是他们吃到了肉，一只土拨鼠足够一家人美餐好几顿了；还有个好处是消灭了一个一直在破坏农田的敌人。科尼还给索伯恩演示了如何处理土拨鼠的皮：先把土拨鼠的毛皮用硬木灰包起来，二十四小时后，皮上的毛会自动脱落，再用肥皂水泡上三天，用手搓洗，晾干，就得到了一张干净结实的皮。

索伯恩在树林中游逛的范围越来越广了，尽管他做好了心理准备，但遇到意外的状况时，还是非常吃惊。有时候，一连几天都平平常常；有时候，又会接二连三碰见很多意外。这也正是树林最令人着迷的地方，你永远不知道下一秒会发生什么。有一天，他开辟了一条新的路径，换了一个方向，越过小山，一直来到了椴树大树洞所在的空地。椴树给他留下了深刻的印象，因为他从没见过那样巨大的树干和树洞。穿过空地，索伯恩向着西面两英里以外的湖岸走去。二十分钟后，他正打算返回木屋，却突然看见了一只巨大的黑色动物，趴在一棵铁杉的枝杈上，离地约十米高。一只熊！考验索伯恩胆量的时刻终于到了。整个夏天他都在期待这样的时刻，但他并不知道自己到底有没有勇气面对这样突如其来的考验。他停住了脚步，把手伸入口袋，掏出三四枚铅弹——专门为紧急情况准备的。他把铅弹放入猎枪固定好，然后猛地一下，上膛推进。

那熊还在原处，索伯恩看不见它的头，但依旧仔细地观察着它。它并不是很大——个头很小，是的，很小——一只幼熊。小熊崽儿！那意味着熊妈妈就在附近。索伯恩胆战心惊地察看四周，却没发现任何母熊的踪迹。他终于端起猎枪，扣动扳机。

那东西一头栽倒在地，咽了气。令索伯恩惊讶的是，倒下的并不是熊,而是只豪猪。看着躺在地上的豪猪,索伯恩无比懊悔,他根本不想杀死这只对人类毫无害处的动物。索伯恩还在豪猪丑陋的脸上发现了两三条伤痕,看来之前还有别的敌人攻击过它。正打算转身离开,索伯恩发现自己裤子上有血迹。原来他的左手被豪猪的利刺划伤了,自己却没有觉察到。他心怀愧疚,把豪猪留在原地,自己回了木屋。露露忍不住埋怨他说,应该把豪猪的皮剥回来,因为她"正需要一件皮斗篷过冬呢"。

　　还有一次,索伯恩没带枪就去了树林,想采集些自己之前见过的奇特植物。那些植物离空地不远,那里有棵倒掉的榆树,他凭这棵榆树来定位。快走到时,索伯恩听到了一种特别的叫声。紧接着他看到一根原木上有两个晃动着的东西。他抬起面前遮挡视线的树枝,这下看清楚了。原来那两个东西是一只大猞猁的头和尾巴。那只猞猁也看到了索伯恩,向他发出了威胁的怒吼。此刻,索伯恩还发现,猞猁脚下的木头上有一只白鸟,再定睛一看,原来那白鸟是自家养的母鸡。那猞猁看起来真是可恶!索伯恩恨死它了!他气得咬牙切齿。这正是他展现勇气的时刻,但这么好的机会,他却没带枪(唯一的一次)!那猞猁叫得更凶了,尾巴耀武扬威地左右摆着。它见索伯恩站在那里一动不动,迅速叼起战利品，从原木上跳开，转瞬间就消失了。

这年夏天，雨水丰沛，地面潮湿，动物留下的足印很快便被雨水冲掉，索伯恩这位年轻的猎手想循着足印追踪猎物，太难了！一天，索伯恩偶然间在树林里发现了一串足印，像是野猪留下的，而且应该是刚留下的。两小时前刚下了一场暴雨，抹去了地上所有其他的足印，因此，要追踪这串足印不难。索伯恩循着足印走了约一公里，到了一个开阔的山谷。快到山脊时，发现对面有两个晃动的白点。很快，这位目光敏锐的年轻猎手就辨认出，那是一头母鹿和它的小鹿，它俩也正好奇地盯着索伯恩看呢。尽管索伯恩在追踪足印时表现得冷静十足，但此情此景还是让他大吃一惊。那母鹿转过身，竖起白色的尾巴，好像一面白旗，向小鹿发出危险信号。紧接着，母鹿轻跳着跑开了，小鹿则紧随其后。它们时而轻松地跃过低矮的树丛，时而像猫一样灵活地钻过地面的大树枝。

在这之后，索伯恩再也没能找着机会猎杀它们，虽然他曾多次在树林里发现过同样的两排足印，他觉得就是那两头鹿留下的，因为，近年来，树木越来越少，鹿也越来越少。

后来，索伯恩再也没同时遇见过那两头鹿；但他看到过那头母鹿一次，或者说他觉得自己遇到的是那头母鹿，它看上去很焦虑很紧张，在树林里左闻闻右嗅嗅，探寻着地上的踪迹，明显是在搜寻什么。看着它，索伯恩突然想起科尼教过他一招。他轻轻地弯下腰，拾起一片宽草叶，用两个大拇指夹住，用这个简易的草笛吹出了短促而尖细的声响，像极了小鹿呼唤妈妈的声音。虽然那头母鹿已经走远了，但它还是被这声音吸引，快步奔向索伯恩。索伯恩迅速备好猎枪，瞄准母鹿。奔过来的母鹿像是注意到了索伯恩抬枪的动作，停下了脚步。它的鬃毛微微竖起，用鼻子仔细嗅嗅，疑惑地望着索伯恩。母鹿柔美明亮的双眸打动了索伯恩，他不由得放下了手中的猎枪。母鹿谨慎地向前靠近了一步，仔细地闻了闻它致命的敌人，随后迅速躲到了一棵大树后面，赶在大发善心的索伯恩狠下心之前跑了。"真可怜，"索伯恩自言自语道，"它肯定是失去了自己的孩子。"

之后，索伯恩在树林里再次碰见了猞猁。在遇见形单影只的母鹿后，整整半个小时里，索伯恩翻越了木屋北面几英里外那座绵延修长的山脊，穿过了那个巨大的椴树树洞所在的林间空地。走着走着，突然面前出现了一只尾巴像是被截断了的"小猫"，天真地看着他。索伯恩照例举起枪，但那小家伙却丝毫不躲闪，反而歪着小脑瓜儿上下打量起了索伯恩。这时,不知从哪儿又跑出来一只,和刚才那只玩耍了起来。它伸出爪子挑衅般地摸了摸自己兄弟的尾巴,两个小家伙随即翻滚作一团。

看着它俩嬉戏打闹,索伯恩放下了杀心,但转念又想起自己和猞猁结下的梁子,便又狠下心来决定除掉它们。正当他再次把枪举起来时,猝不及防的一阵怒吼吓了他一跳,定睛一看,原来离他不到三米远的地方,跳出一只大猞猁,高大凶猛,看上去就像一只母老虎。现在去射死两只小猞猁,无异于自寻死路。男孩慌张地向枪膛里放了几发铅弹,猞猁龇牙咧嘴大声咆哮着,没等他再次举枪射击,那只猞猁就已经叼起什么带白点的深棕色东西飞奔而去了,小猞猁们紧跟在她身后。索伯恩瞥见,那只猞猁嘴里叼着的像是只刚被猎杀的小鹿。此后,索伯恩再也没见过这只猞猁妈妈。直到有一天,为了生存,他们之间展开了一场殊死较量。

四 林间恐慌

一晃六周过去了。突然有天清晨,强壮的科尼一反常态,一句话不说,表情非常严肃。

当天晚上,科尼在床上翻来覆去,时不时发出呻吟声,索伯恩和他同睡在大屋一角的双层干草铺上,所以夜里被吵醒了很多次。早上,科尼照例起床喂马。但当姐姐们准备早餐时,他又躺下了。后来,他挣扎着下了床,继续干活,但早早地回了家。进门时,他浑身都在发抖。正值炎夏,他却冷得直哆嗦。几小时后,科尼撑不住了,发起了高烧。这时全家才意识到,科尼染上了肆虐偏远林区的可怕风寒,引发了高烧。玛盖特立刻采来梅笠草,熬成汤药,让科尼大口喝下去。

全家人都在悉心照料科尼,但他的病情并未好转。十天后,他瘦了一大圈,根本没力气下地干活儿。这天,他感觉"好些"了,对姐姐们说道:"我撑不住了,还是回老家养病为好。现在感觉还行,赶车应该没问题,至少可以撑上一阵子。如果半路实在挺不住了,我就在马车里躺着,马儿认得路,会把我拉回老家。妈妈也许有办法让我在一两周内好起来。我不在的时候,你们没吃的了,就划船去伊勒顿家吧。"

姐姐们备好马车,在里面铺好了干草。脸色苍白的科尼独自踏上了崎岖而漫长的旅程。看着他的马车渐行渐远,留守木屋的几个人感到十分无助,好像被丢弃在了荒岛上,唯一依靠的"小船"也离他们而去了。

科尼刚走不到四天，玛盖特、露露和索伯恩相继病倒了，都染上了更重的风寒，发起了高烧。

科尼生病时，尽管病情没能完全好转，偶尔还有感觉"好些"的时候。但这三个人自从生了病，就一直提不起精神。木屋里顿时阴云笼罩。

一周过去了，玛盖特已经病得卧床不起，露露偶尔还能起床走几步。露露是个坚强的姑娘，常常讲些趣事给大家打气。那些愉快、轻松的笑话和她苍白消瘦的脸庞形成了鲜明的反差。索伯恩虽然生着重病，很虚弱，却是三个人里最强壮的，做饭的任务落到了他的身上。大家胃口都不好，每顿都吃得很少，这反倒可能是件好事，因为木屋里的食物所剩无几了。

两周过去了，科尼还是没有回来。

很快，露露也卧床不起了。三个人中，只有索伯恩还能勉强下地活动。一天清晨，他拖着沉重的步子，像往常一样为大家准备早餐——从仅有的一块培根上切下一小片。为了防苍蝇，那块培根一直放在木屋阴面的一个小盒子里。但他却惊奇地发现，那块珍贵的培根居然不见了，肯定是被什么野兽叼去了。现在木屋里只剩下一点儿面粉和茶叶。索伯恩浑身使不上劲儿，不然他或许还能打只鹿或鹰给大家吃。正当索伯恩陷入绝望时，他的眼睛落到了鸡棚的母鸡身上，但那又怎样？刹那间，他想起了自己的猎枪。一声枪响，很快一只肥美的母鸡就成了大家的盘中餐。他用了最简单的烹调方法，一整只直接放水里炖。这已经算得上是大家生病以来，吃得最丰盛的一顿了。

大家靠着这只鸡又熬了三天。第四天，索伯恩再次拿起猎枪，它好像变得更沉了。索伯恩蹒跚着钻进鸡棚，他太虚弱了，浑身哆哆嗦嗦的，打了好几枪，才打中一只。科尼走时把步枪带走了，所以现在索伯恩只剩三颗子弹了。

鸡舍里的鸡也所剩无几了。原来怎么也有十几只，现在只剩三四只了，索伯恩觉得很奇怪。三天后，索伯恩再次走进鸡舍，却发现只剩一只了。为了打中这只鸡，他用尽了所有子弹。

这之后，索伯恩陷入了无尽的恐慌。每天清晨，他状态会稍好些，除了为大家准备些食物，还要在每个人床头的木板上放桶水，以备夜间高烧时饮用。下午一点左右，寒意便会侵袭全身，从头到脚，牙齿咯咯打架，浑身冷得直哆嗦。好像没什么能让他们暖和起来，烤火也不行。他们只能躺在床上，任凭寒意入骨，折磨得他们瑟瑟发抖，几近散架。这种折磨会持续漫长的六个小时，还伴有恶心和呕吐。将近晚上七八点，情况又从一个极端变成另一个极端。大家又开始高烧，用冰块降温也无济于事，只能不停地喝水，一直喝到凌晨三四点，高烧逐渐退去，精疲力竭的三人才能昏昏沉沉地睡上一会儿。

"我不在的时候，你们没吃的了，就划船去伊勒顿家吧。"这是科尼临走前的嘱咐。但现在，谁还有力气划船呢？

只剩下半只鸡了，吃完就得挨饿了。

还不知道科尼什么时候回来。

之后的三周漫长而难熬，死神在一点点逼近。大家的病情非但没有好转，反而每况愈下。再这样下去，索伯恩也快要下不了床了。到那时又该怎么办呢？

绝望笼罩着整个木屋，每个人都在心中无声地呼喊着："哦，老天啊！科尼什么时候才能回来啊？"

五　男孩的家

最后那半只鸡吃完的那天，索伯恩整个早上都忙着打水，把三个人床头的水桶装满。结果这天寒意提前来袭，到了夜间索伯恩烧得更厉害了。

他不停地喝水，几乎要把整桶水都喝干了。快到半夜两点时，才渐渐退烧，睡了过去。

天蒙蒙亮的时候，索伯恩被近旁的奇怪声响吵醒。那声响从他的床头传来，听着像是舔水声。他转过头，四目相对，一只巨兽趴在他床头的水桶上喝水，离他不到半米。

索伯恩惊恐地看着，以为自己一定是做了个噩梦，那种有只孟加拉虎趴在床边的噩梦，于是又闭上眼睛接着睡；但那喝水声还是不绝于耳，他又抬眼望去，天哪，那只巨兽竟还在床头。索伯恩想要大声惊呼，无奈嗓子干哑，根本喊不出来。那巨兽抖了抖毛茸茸的脑袋，稳稳地跳下木桶，穿过屋子，趴在了桌子下面。索伯恩这下完全清醒了，胳膊撑着，慢慢起身，有气无力地喊了声"走开"。话音刚落，那巨兽从桌子底下探出头来，双目炯炯有神，灰色的身体向前走了几步，然后镇定地穿过屋子，敏捷地溜到墙角，那里放着的一块原木下方有个豁口，原先是存放土豆用的，巨兽从那里钻了出去，不见了踪影。这是个什么动物呢？索伯恩病得晕乎乎的，只知道那肯定是只前来捕食的野兽。他完全乱了阵脚，害怕又无助地直哆嗦，整晚睡得不踏实，总是突然惊醒，在黑暗中搜寻那双可怕的眼睛，还有那悄然而行的硕大灰色身影。直到天亮，索伯恩还不敢确定，这一切是不是他神志恍惚时的幻觉，但他还是强打着精神，拖着病体，用干柴堵上了那个豁口。

三个病人都没什么胃口，每顿本来也就只吃得下一点儿，但鸡肉只剩最后一块了，再加上科尼一时半会儿也不会回来——科尼以为他们已经投奔伊勒顿家，不愁吃的——所以他们还得再省着点儿吃。

当天晚上，高烧退去后，索伯恩虚弱无力地打着瞌睡，突然又被房间里的动静吵醒，那声响像是有东西在啃骨头。他环顾四周，看到窗边上隐约映出一只动物趴在桌上的硕大身影。索伯恩大叫了起来，奋力将靴子砸向这个不速之客。它随即轻盈地跳到地上，穿过豁口溜走了，被堵上的豁口竟又被它扒开了。

这下他确信自己不是在做梦了，玛盖特和露露也都看到了，他们那晚都被吵醒了，还发现三人仅剩的最后那块鸡肉也不翼而飞。

可怜的索伯恩那一整天都没怎么下床。要不是生病的两姐妹一直不耐烦地抱怨，他也许就躺在床上一动不动了。他勉强下了床，像往常一样来到水边，为大家打水，为下午的寒战和夜间的高烧做准备。在水边，他还发现了几枚浆果，就摘下带回木屋，和姐妹俩分着吃了。此外，索伯恩还拿了一样东西放在自己的床头——一杆旧鱼叉，这是他现在唯一的武器了，猎枪没了子弹，也没有用处了。他还找到了一根松油蜡烛和一些干柴。他知道那只巨兽还会再来，再来找吃的。如果它在木屋里找不到食物，躺在床上奄奄一息的自己就会成为它的盘中餐。这时，索伯恩脑海里闪过猞猁嘴里叼着那只瘫软无力的棕色小鹿的画面。

索伯恩又用木柴堵住了豁口。那晚，一切如旧，凶猛的巨兽并未造访。第二天，三个病人靠着面粉和水度日。为了做饭，索伯恩不得不取走一些用来堵豁口的木柴。露露打起精神，有气无力地说了些笑话，她说自己身体轻飘飘的，感觉可以飞起来了，实际上，她只能勉强有点力气把身体挪到床边。索伯恩又做了同样的准备。夜晚时间慢慢流逝，到了清晨，床头又传来舔水的声音，索伯恩猛然惊醒，抬眼望去，又是那只巨兽，庞大的身影借着晨光映在了小窗上。

索伯恩用尽全身的力气，想大吼一声，但发出来的声音只是虚弱嘶哑的尖叫。"露露，玛盖特！那只猞猁，那只猞猁又来了！"

"我们根本没力气啊，动都动不了。上帝啊，求您帮帮他吧。"

女孩们无助地祈祷着。

"出去！"索伯恩试图再次赶走那巨兽。听到喊声，它非但没有逃跑，反而跳上了小窗边的桌子，站在那里愤怒地咆哮着，头顶上方正好挂着那把毫无用处的猎枪。那只巨兽往窗户那边张望时，索伯恩还以为它要破窗而逃。但它却又突然转身，瞪着索伯恩，虎视眈眈的样子。男孩此时慢慢地从床边起身，心中祈祷着，因为他觉得，他即将面对一场不是你死就是我亡的硬仗。他划了一根火柴，点燃了松油蜡烛，左手举着蜡烛，右手拿起鱼叉，打算和巨兽决一死战。但他现在太虚弱了，不得不先用鱼叉当拐杖支撑身体。那巨兽站在桌子上一动不动，微微弓背，好像准备扑过来似的。它的双眼在烛光的映照下闪着红光。短尾巴左右甩动，咆哮声也愈加尖厉。索伯恩的两条腿开始不由自主地哆嗦起来，但他还是举起了鱼叉，有气无力地朝那巨兽扎了过去。那家伙也跟着跳开了。烛火和男孩勇敢的进攻还是起了作用，巨兽一跃跳开，落在了地面上，迅速躲到了床底下。

这只是暂时的击退。索伯恩把蜡烛放在了原木架子上，然后用双手握住鱼叉。他很清楚，这是在为自己的生命而战。与此同时，耳畔传来了姐妹俩虚弱的祈祷声。他看见床下那巨兽闪闪放光的眼睛，叫声愈加尖厉，这预示着它会再次发起进攻。索伯恩奋力站稳，再次用尽全力将鱼叉刺向床下的巨兽。

这一次，鱼叉刺中了某种比原木软得多的东西，随之传来一声恶吼。索伯恩把全身的重量都压在了鱼叉上，巨兽则挣扎着想要扑过来。他感觉到它的牙齿和利爪都已经咬到了鱼叉的木柄，它那有力的前腿和利爪就快要够到他了。索伯恩感觉自己坚持不了太久了。他再次使出了全身力气，但也只是比之前稍稍用力一点点而已。那巨兽突然往前一跳，发出一声低吼，只听咔嚓一声，破旧的鱼叉断成两截。巨兽一下子蹿了过来，扑向索伯恩，却又越过他，没有碰他，径直穿过那个豁口溜走了，再也不见踪影。

索伯恩瘫倒在床，昏了过去。

他不知道自己在床上睡了多久，明亮的日光里传来一个响亮而欢快的声音，把他叫醒。

那声音喊道："喂！喂！你们还都活着吗？露露！索伯恩！玛盖特！"

索伯恩根本无力应答，但能听到门外阵阵马蹄声，接着是一阵沉重的脚步声，随后门被撞开了，科尼大步走了进来，看上去如往日那般帅气十足、神采奕奕。但一踏进木屋,屋内死气沉沉的气氛让他脸上不由得浮现出恐慌和悲痛。

"死了?"他倒吸了一口凉气,"谁死了?你们在哪儿呢?索伯恩?"他急坏了,接着又喊道:"是谁啊?露露?玛盖特?"

"科尼,科尼。"双层干草铺上传来了虚弱的喊声。"她们在里屋,都病得很重。我们已经没有吃的了。"

"哦,我可真傻!"科尼一遍又一遍说着,"我还以为你们已经去了伊勒顿家,不愁吃喝的。"

"科尼,你一走,我们就都病倒了,还没来得及去伊勒顿家。然后来了一只猞猁,偷走了所有的母鸡,还有屋里所有能吃的东西。"

"但它也伤得不轻,你俩算扯平了。"科尼边说边指了指泥地上一直延伸到墙根的血迹。

有了良好的饮食、精心的照料和药物的治疗,三个人很快就恢复了健康。

一两个月后的一天,姐妹俩想要一个新的过滤桶,索伯恩说:"我知道有个地方,能弄到酒桶般粗大的空心椴木。"

索伯恩和科尼来到了那棵大椴树跟前,砍下了所需的那段木料,这时,在长长的树洞末端,他们发现了两具早已风干的小猞猁尸体,旁边是猞猁妈妈的尸体,身体一侧插着那杆折断的鱼叉。

图书在版编目（CIP）数据

动物英雄 /（加）欧内斯特·汤普森·西顿著；邝计嘉译. -- 成都：四川大学出版社，2025.5. -- ISBN 978-7-5690-7790-2

Ⅰ．I711.45

中国国家版本馆CIP数据核字第20258AB703号

书　　名：动物英雄
　　　　　Dongwu Yingxiong
著　　者：[加拿大]欧内斯特·汤普森·西顿
译　　者：邝计嘉

出 版 人：侯宏虹
总 策 划：张宏辉
选题策划：张建全　刘　畅
责任编辑：敬雁飞
责任校对：于　俊
装帧设计：叶　茂
责任印制：李金兰

出版发行：四川大学出版社有限责任公司
　　　　　地　址：成都市一环路南一段24号（610065）
　　　　　电　话：（028）85408311（发行部）、85400276（总编室）
　　　　　电子邮箱：scupress@vip.163.com
　　　　　网　址：https://press.scu.edu.cn
印前制作：成都墨之创文化传播有限公司
印刷装订：成都市火炬印务有限公司

成品尺寸：148mm×210mm
印　　张：4.25
字　　数：72千字

版　　次：2025年5月 第1版
印　　次：2025年5月 第1次印刷
定　　价：45.00元

本社图书如有印装质量问题，请联系发行部调换

■版权所有 ◆ 侵权必究

扫码获取数字资源

四川大学出版社
微信公众号